# 당신의 역사

KB154295

**| 일러두기 |**

본문 오른쪽 가장자리에는 연도별 개인의 역사와 그 내용에 맞는 한국 현대사를 정리해두었습니다. 연도 는 개인사, 연도 는 한국사로 구별했습니다.

# 당신의 역사

한국 현대사를 함께 만들어 온
작지만 큰 이야기

기파랑

# 보통 사람의 삶을 통해 본
# 한국 현대사

올해는 광복 70주년입니다. 한일 수교 50주년을 맞는 해이기도 합니다. 그렇다보니 많은 언론이 굵직굵직한 지난 70년의 역사적 이벤트를 재조명하는 다양한 기획을 쏟아내고 있습니다. 이 책의 토대가 된 「당신의 역사」도 그중 하나입니다.

중앙일보가 江南通新강남통신 섹션을 통해 지난해부터 연재하고 있는 「당신의 역사」를 간단하게 설명하자면, 보통 사람의 인생을 통해 한국의 현대사를 다시 써내려가는 작업이라고 할 수 있습니다. 무슨 말인지 언뜻 이해하기 어려우신가요. 사실 이 시리즈를 직접 취재한 기자들도 처음엔 마찬가지였습니다. 보통 사람을 주인공으로 내세워 한국 현대사를 재구성해보자는 제안에 처음엔 다들 "보통 사람의 평범한 삶을 대체 어떻게 역사와 연결을 시키겠다는 것이냐"라거나, "설령 개인의 삶과 역사를 엮는다해도 유명하지 않은 사람 얘기를 읽어줄 독자가 있겠느냐"며 우려 섞인 반대를 했습니다.

우여곡절을 겪으며 수개월을 준비한 끝에 2014년 8월 「당신의 역사」 첫 회가 나갔습니다. 무려 신문 지면 3페이지에 걸쳐 30년 동안 호텔 도어맨을 하며 고객 차 번호를 3,000개나 외우는 손광남 리츠칼튼서울 계장의 인생을 입체적으로 접한 독자들의 반응은 기대를 뛰어

넘었습니다. "평범한 개인의 삶 속에 우리 현대사가 잘 녹아있어 재미있게 읽었다"는 의견에서부터, "유명인이 아니라 오히려 일상생활에서 접하는 주변 사람의 인생 이야기라 더욱 가슴에 와 닿는다"는 반응까지 다양했습니다. '현대사'라는 주제가 자칫 진부하고 식상할 수 있는데, 현실에 발 붙이고 있는 주변 인물을 내세워 사람냄새 나는 이야기로 풀어낸 게 신선하고 흥미로웠다는 거죠. "꼭 유명한 사람 뿐 아니라 보통 사람도 언론의 훌륭한 인터뷰 대상이 될 수 있다는 걸 알게 해줬다는 점에서 의미 있었다"는 독자 평도 있었습니다.

알려지지 않은, 그러나 들여다볼수록 대단한, 보통 사람의 인생을 담은 「당신의 역사」가 매주 지면에 나갈 때마다 "어떻게 이런 인물을 찾아냈느냐"는 감탄 섞인 독자 반응을 접할 수 있었습니다.

사실 보통 사람의 인생을 담은 인물 기사는 그리 새로운 형식이 아닙니다. 그런데도 독자들이 「당신의 역사」를 신선하다고 여긴 건 뭐였을까요. 보통 사람을 내세워 일회용 감동을 주고 끝내는 게 아니라, 아무 상관 없을 것 같은 보통 사람들의 개별 인생을 퍼즐조각 맞추듯 이어가며 한국 현대사의 주요 장면을 짜임새 있게 정리하는 데 있었을 겁니다. 이후 여러 신문이 이와 거의 유사한 형식의 기획을 잇따라 내놓은 것도 아마 이런 이유겠지요.

기자들끼리 흔히 하는 말로 소위 '얘기 되는 사람'만 쫓아다니다 보통 사람에 주목하게 된 건 어릴 때 기억의 한자락 때문입니다. 정확히 언제인지는 모르겠지만 청소부 옆을 지나가는데 어머니가 그저 무심코 이런 말을 던지는 겁니다. "무슨 직업이든 저렇게 자기 일 열심히 하는 사람들이 모인 덕분에 우리 사회가 점점 더 나은 곳이 되는 거지." 별 대단한 내용도 아닌데 이상하게 이 말이 잊히지 않고 수십 년 동안 계속 머릿속에 맴돌더군요. 지금까지도 말입니다.

솔직히 사회에 도움이 되려고 일부러 청소부가 되려는 사람은 없겠죠. 그저 자기 가족 먹여살리겠다는 생각에 자기 일을 열심히 했을 뿐이겠지만 바로 그런 사람들이 모여 지금처럼 살만한 우리 사회를 만들었을 겁니다. 사회적 지위가 높으면 높은대로, 또 낮으면 낮은대로 열심히 살아온 모든 사람이 한국 현대사의 주인공이라는 얘기입니다.

지금 서울은 세계 어느 도시와 견줘도 뒤지지 않습니다. 뉴욕과 파리·런던·도쿄의 가장 '핫'한 문화와 패션, 그리고 디저트까지 실시간으로 경험할 수 있죠. 아니, 어떤 면에서는 오히려 세계적인 유행을 선도하기까지 합니다. 그래서인지 많은 이들이 부지불식간에 우리가 항상 이렇게 선진국과 같은 수준으로 살아왔다고 착각합니다. 과연 그럴까요.

굳이 광복을 맞이한 70년 전이나 일본과의 수교가 굴욕적이라며 시위대가 거리를 덮었던 50년 전까지 거슬러 올라갈 필요도 없습니다. 불과 20여 년 전만 해도 우리의 삶은 지금과는 아주 많이 달랐습니다.

 옆의 흑백 사진은 1980년 대 초 서울 삼성동 경기고등 학교 모습입니다. 88 서울올 림픽이 열리기 불과 몇 년 전 까지만 해도 서울, 아니 강남 한복판이 이렇게 초라했습니 다. 심지어 「당신의 역사」 첫회에 나갔던 78년 압구정동 사진엔 지금 과 똑같은 모습으로 서 있는 현대아파트를 배경으로 소 모는 농부까 지 등장합니다. 이 흑백사진이 지금 많은 걸 시사한다고 생각합니다.

보통 사람이 그저 묵묵히 맡은 자리에서 열심히 일한 덕분에 우리 는 오늘 어제보다 훨씬 많은 걸 누리는 셈입니다. 이렇게 우리의 현 대사를 만든 주인공인 당신, 그 당신의 이야기를 이제 들려드립니다.

2015년 6월  안혜리 팀장

# CONTENTS

004 · 들어가는 말

010 · 호텔의 얼굴 도어맨, 손광남

022 · 한국 최초의 헐리웃 진출 배우, 오순택

032 · 고급 맞춤 양장의 시작 장미라사, 이영원

044 · 지식인들의 옹달샘 영어헌책방, 최기웅

056 · 사명감으로 걸어간 교육자의 길, 심옥령

068 · 한국 최고(最古) 이발소 성우이용원, 이남열

080 · 현대자동차 최초 여성임원, 김화자

094 · 화교 형제 중식셰프, 여경래 · 여경옥

106 · 칠전팔기의 주부, 허정희

118 · 사교육의 역사 중앙학원, 서진근

128 · 한국 대중음악사를 빛낸 명반 제조기, 김영

140 · 안전을 책임지는 소방관, 백균흠

152 · 자동차정비 1호 명장, 박병일

166 · 국내 1호 법의관, 문국진

178 · 청각장애 파티시에, 안준호

# 뿌리깊은 나무처럼 30년을 그 자리에···
# 도어맨이 목격한 한국 현대사

이○○ · 송○○ · 최○○ · 이○○ · 박○○···. 정재계와 관계 등을 아우른 유명인사 이름 100개가 적힌 리스트. 이름 옆 빈 칸에 빠르게 차종과 차 번호, 그리고 직함을 적어 내려간다. 렉서스 ××××D 그룹 회장, 에쿠스 ×××× 전 검찰총장, 에쿠스 ×××× 모 부처장관, 롤스로이스 ××××K 그룹 회장, 체어맨 ××××K 그룹 회장···.

### 머리에 입력된 3,000여 개의 차량정보

도어맨을 비롯해 리츠칼튼서울 컨시어지 팀 소속이라면 누구나 최소한 1년에 두 번씩은 이렇게 호텔 VIP고객 차번호를 외우는 시험을 본다. 이렇게 이름이 문제로 나오기도 하지만, 어쩔 땐 사진 100개를 던져주기도 한다. 사진 속 얼굴을 보고 차번호를 알아맞히는 거다. 자기 가족 휴대폰 전화번호도 못 외우는 디지털 치매 환자가 널린 세상에서 호텔리어, 특히 도어맨에겐 아직도 이렇게 고객 차량 번호 외우는 게 필수다.

손광남 역삼동 리츠칼튼서울 도어데스크 슈퍼바이저계장. 2014년 8월 광장동 쉐라톤그랜드워커힐 강영수 지배인이 은퇴하면서 그는 여의도 콘래드 호텔 권문현 주임과 함께 국내 호텔업계에서 가장 경력이 오래 된 도어맨이 됐다. 팀 내 최고령이기도 하다. 기억력이 퇴화할 법도 하지만 시험을 볼 때마다 직원 300여 명 가운데 늘 상위권이다. 100문항을 거의 다 맞춘다. 지금도 매일 아침이면 영어 단어 외우듯 신문을 뒤적이며 고객얼굴과 관련 정보를 외우고 또 외우기 때문에 가능한

### 손광남의 역사

**1957년 3월**
출생충청남도 보은.

**1977년 12월**
국제관광공사현 한국관광공사 관광요원 호텔반 수료, 뉴국제호텔 입사.

**1980년 6월**
기아산전현 기아자동차 영업사원 입사.

**1981년 10월**
아내 이인자씨와 결혼.

**1984년 10월**
남서울호텔현 리츠칼튼서울 입사 후 도어맨 시작.

**1994년 3월**
뉴월드호텔 입사.

**1995년 2월~현재**
리츠칼튼서울.

### 한국호텔의 역사

**1884년**
한국 최초 호텔인 인천 대불호텔 개관.

**1902년**
손탁호텔 개관. 독일인 손탁 Sontag이 서울 정동에 지은 한국

11

일이다. 벌써 30년째. 그러니 그의 머릿속에 저장된 고객 차량관련 정보가 3,000여 개라는 그의 설명을 믿을 수밖에.

사실 호텔리어로서의 커리어는 30년도 더 된 1977년 시작됐다. 다들 먹고 살기 어려웠던 시절, 그의 집안 형편 역시 안 좋았다. 특히 고2 때인 74년 월남 파병 갔다 미군 부대 기술자로 일하던 아버지가 갑자기 세상을 떠나면서 4남매1남 3녀의 둘째였던 그가 식구들을 먹여 살려야 했다. 학교는 당연히 그만둘 수밖에 없었다. 1~2년 방황하며 뭘 할까 고민하다 국제관광공사현 한국관광공사의 관광종사원 자격시험을 봤다. 호텔에 들어가기 위해서다. 호텔리어는 당시 생소한 직업이었지만 우연히 멋진 제복의 코리아나호텔72년 개관 도어맨을 본 게 계기가 됐다. 광화문에 있는 호텔학원에 다니며 시험을 준비한 끝에 5개월 만에 합격했다.

"요즘 입시학원을 생각하면 돼요. 매일 5~6시간씩 수업을 받았어요. 시험은 필기와 면접으로 나뉘는데, 면접에선 기본적인 외국어 실력과 함께 외모도 봤어요. 지금은 좀 살이 빠졌지만 젊은 땐 체격이 좋았거든요. 키도 178㎝로 당시로선 큰 편이었잖아요."

수료증을 받자마자 태평로1가 뉴국제호텔에 입사했다. 솔직히 처음엔 도어맨을 할 생각은 조금도 없었다. 처음 배치 받은 부서도 식음업장이었다.

"한겨울에 입사했는데 솔직히 도어맨은 불쌍해 보이기만 하더라고요. 추운 날씨에 바들바들

떨면서 하루 종일 밖에 서있으니까. 지금처럼 야외 히터가 있는 것도 아니고. 그런데 이상하게 시간이 지날수록 점점 도어맨이 좋아 보이는 거예요. 솔직히 식음업장이 고되기도 했고."

## 2년 만에 귀향 그리고 돌아온 호텔

뉴국제호텔은 당시 최고의 호텔로 꼽히던 곳이지만 지금과는 비교할 수 없을 만큼 열악했다. 지하부터 식당이 있는 1, 2층까지 맥주나 음료수를 몇 박스씩 등에 짊어지고 옮기는 일이 다반사였다. 화려한 줄 알았던 호텔리어의 삶은 어디에도 없었다.

그는 2년 만에 호텔을 그만두고 고향 청주로 갔다. 다행히 혼자는 아니었다. 그의 옆에는 이 호텔 프런트 수납원캐시어으로 일하던 지금의 아내 이인자씨가 있었다. 둘은 81년 이태원 크라운호텔에서 결혼식을 올렸다. 그리고 호텔을 떠나 새 인생을 살았다. 고향에서 기아산업현 기아자동차 영업사원으로 일한 거다. 비포장 도로를 달리며 충청도 구석구석을 누볐다. 당시엔 정미소나 양조장·운송업체 사장이 재력가들이라, 주로 이들을 상대했

최초의 서양식 호텔. 한국에선 처음으로 프랑스요리를 제공했다. 현재 이화여고 100주년 기념관 자리.

1912년
부산철도호텔 개관. 19세기 유럽 철도역을 모델로 한 최초의 철도호텔. 1층은 역무실, 2층 철도국 직영 호텔. 53년 부산 대화재로 불타 없어졌다.

1914년
조선철도호텔현 웨스틴조선호텔 개관. 수많은 국제 행사를 개최하는 등 근·현대 한국 정치·사교·경제 중심지 역할. 67년 헐린 후 70년 3월 국제관광공사와 미 아메리칸항공이 합작 투자해 재개관.

1938년
대중을 상대로 한 한국 최초의 상용호텔commercial hotel인 반도호텔현 롯데호텔 개관. 지하1층, 지상 8층 건물에 객실 111실을 갖춘 당대 최대 규모. 74년 6월 호텔롯데에 매각돼 헐림.

1948년 8월15일
대한민국 정부 수립. 반도호텔·조선호텔 관리 권한이 미군정청에서 교통부로 이관.

1955년
금수장호텔 개관현 그랜드 앰배서더호텔.

다. 많이 팔 때는 봉고차를 한 달에 15대 넘게 팔기도 했지만 영업 특성상 수입이 거의 없을 때도 있었다. 이건 아니구나, 싶었다. 그는 다시 호텔을 떠올렸다.

아내 이씨가 먼저 서교호텔 프런트 수납원으로 취직해 둘은 같이 서울로 왔다. 몇 개월 후 손씨도 같은 호텔에 입사해 웨이터로 일했다. 그러나 하루 종일 실내에서만 일하는 웨이터 생활 역시 활동적인 그의 성격과는 잘 맞지 않았다. 그는 84년 역삼동 남서울호텔현 리츠칼튼서울 자리로 옮겨 도어맨 생활을 시작했다. 아내는 비슷한 시기에 해밀턴호텔로 옮겼다가 이후 전업 주부가 됐다.

"남서울호텔은 그 전에 일하던 호텔보다 훨씬 규모가 큰, 잘 나가는 곳이었어요. 강남 최고 호텔이라 대통령 친인척을 비롯해 힘 있는 다양한 사람들이 드나들었죠. 군사정권 시절이라 군인들도 참 많이

고향이자 일터인 리츠칼튼서울 정문에 선 이 호텔 도어맨 손광남계장

왔어요. 사우나와 피트니스센터가 정말 유명했죠."

## 누구보다 불 태웠던 열정의 시간

과거 호텔 경력은 그가 도어맨을 하는 데 아무 도움이 되지 않았다. 전혀 다른 일이었기 때문이다. 한번 호텔을 떠났던 경험이 있던 그는 빠르게 적응하려고 누구보다 열심히 일했다. 지금은 호텔 차원에서 고객 차량 정보 암기 시험까지 보지만 당시엔 그 어떤 호텔 도어맨도 고객 정보를 일부러 외우지 않았다. 다들 차 문만 열어주면 된다고 생각했다. 그는 달랐다. 고객 얼굴과 차번호를 연결해 시험공부하듯 암기했다. 5~6개월 지나자 2~3년 일한 선배보다 훨씬 많은 고객 정보를 외우게 됐다.

"한 6개월 지나자 동물적인 감각이 생기더라고요. 사람 얼굴을 보면 차번호가 바로 떠오르는 거예요."

여기에 그치지 않았다. 호텔에서 직접 만난 고객 뿐 아니라 신문에 등장하는 잠재적인 고객 정보까지 외우기 시작했다.

"신문을 펼치면 사회 · 경제 · 문화면까지

**1957년**
샤보이호텔 개관.

**1959년**
반도호텔에서 한국 최초의 패션쇼노라노 개최.

**1960년**
메트로호텔 개관한국 관광호텔 1호.

**1961년**
관광산업진흥법 제정 · 공포. 시설 우수 호텔을 관광호텔로 지정하는 등 호텔 산업 발전 전기 마련.

**1962년**
국제관광공사현 한국관광공사 설립.

**1963년**
한국 최초의 리조트호텔인 워커힐호텔현 쉐라톤그랜드워커힐 개관. 국영이었으나 73년 선경그룹현 SK 인수. 카지노와 공연장 외에 국내 최초의 민영 볼링장도 있었음. 개관 기념으로 루이 암스트롱 내한 공연. 한국 최초 피자 레스토랑 힐탑바현 피자힐 개관.

**1969년**
대연각호텔 개관. 개관 2년 만인 71년 성탄절 화재사고로 166명의 인명피해를 냈다. 현재 오피스텔로 사용중.

꼼꼼하게 살펴요. 그런 생활을 30년 하다 보니 이젠 신문에 나오는 사람 대부분 얼굴을 알아요. 아, 이 양반한테 이런 일이 있었구나, 등등을 외우고 있다가 그 사람이 호텔을 찾으면 먼저 다가가 좋은 소식이 있으면 축하 인사를 건네기도 합니다."

겉으로 보기엔 화려한 호텔리어. 하지만 다른 업무에 비해 엄청난 박봉이다. 그럼에도 이렇게 열심히 일하니 손씨를 각별하게 생각하는 호텔 고객이 적지 않았다. 남서울호텔 단골이던 한 기업 회장은 함께 호텔을 찾은 아들과 손자에게 손씨를 "친구 같은 사람"이라고 소개하기도 했단다. 그러니 재벌 2,3세도 그를 함부로 대하지 못했다. 하지만 늘 이렇게 좋은 일만 있었던 건 아니다. 지금은 많이 사라졌지만 도어맨을 무시하는 고객도 많았다. 한번은 서비스가 마음에 들지 않는다며 차로 도어데스크를 밀어버리겠다고 협박한 사람까지 있었다.

남서울호텔 시절 기억에 남는 재미있는 에피소드도 있다. 86년 아시안게임 무렵 중국 관영매체 신화사 사람들이 묵은 적이 있는데 표나지 않게 경호하는 지금과 달리 차량 테러를 막겠다며 큼지막한 콘크리트 블록을 로비에 쌓아달라고 요청했다. 호텔 측은 실제로 콘크리트 블록을 주문해 로비에 쌓았다. 돌이켜보면 참 무식한 방법이지만, 당시엔 그만큼 중국과 심리적 거리가 있었다.

"내 성격과 잘 맞는다고 생각은 하지만 솔직히 도어맨이라는 직업이 늘 자랑스러웠던 건 아니에요. 한번은 같은 동네 사람이 호텔에 왔다가 저를 보고는 '혹시 무슨 무슨 동네 사는 양반 아니냐'고 묻는데, 괜히 저 혼자 자존심이 상하더라고요."

그러나 그는 노력을 멈추지는 않았다. 그런 그에게 뜻하지 않은 시련이 닥쳤다. 93년 남서울호텔이 리츠칼튼호텔로 바뀌면서 직장을 잃은 거다. 당시 1년 6개월 동안 리뉴얼 공사를 했는데 그는 회사에 부담이 될까봐 먼저 사표를 던졌다고 한다. 그리고 95년 리츠칼튼이 문을 열 때까지 뉴월드호텔현 라마다서울에서 도어맨을 했다.

"돌아가고 싶었어요. 리츠칼튼은 당시 호텔리어라면 누구나 일하기를 꿈꾸는 최고의 호텔이기도 했고, 저한테는 고향 같은 곳이나 마찬가지니까요. 입사시험을 다시 봤죠. 면접 보러 가니 유학파가 엄청 많은 거예요. 외국어 실력은 물론이요 학벌 등 뭐 하나 내세울 게 없으니 위축됐죠. 그래도 일에 대한 자긍심은 있었어요. 그걸 인정했는지, 합격했습니다."

사실 그의 리츠칼튼 합격은 그 자신보다 호텔이 더 운이 좋았다고 말할 수 있다. 그만의 독특한 도어맨 서비스로 장안에 화제가 됐

1971년
관광호텔지배인 자격시험제도·관광호텔 등급화 제도 실시. 5단계로 나눠 무궁화로 표시. 특1급호텔은 황금빛 무궁화 5개, 특2급은 녹색 무궁화 5개, 관광1급 호텔은 무궁화 4개, 관광2급 호텔은 무궁화 3개, 관광3급 호텔은 무궁화 2개.

1974년
프레지던트호텔 개관.

1976년
프라자호텔현 더플라자 개관.

1977년
한국 최초의 관광학교인 경주호텔학교 개교. 뉴국제호텔 개관. 관광진흥개발기금 조성.

1978년
호화호텔특1급 결혼식 금지법 제정.
하얏트 리젠시 서울현 그랜드하얏트 개관.

1979년
롯데호텔서울·신라호텔 개관.
신라호텔, 당시 업계 관행이던 팁 제도를 없애고 노팁No-Tip제도 시행.
8월 정부가 호텔 봉사료 제도를 정식 시행. 개별적 팁 제도 사라짐.

1980년
하얏트, 한국 최초로 이그제큐티브 라운지인 리젠시클럽 운영.
롯데, 호텔 최초로 면세점 운영.

1983년
힐튼호텔현 밀레니엄힐튼·서교호텔 개관.

1986년
뉴월드호텔 개관.

을 정도였기 때문이다.

손씨는 손님 정보를 그저 외우는 걸로 그치지 않았다. 손님이 로비에서 걸어오면 요청하기도 전에 그 고객 차량번호를 부르며 차를 호출했다. 회전문이 다 돌기 전에 고객 차량을 호출한다는 소문이 나서 다른 호텔이 벤치마킹하러 올 정도였다.

하지만 요즘은 상황이 달라졌다. 웬만하면 고객이 직접 휴대전화로 미리 운전사를 부르기 때문에 도어맨이 고객 얼굴만 보고 차량 번호를 바로 외우는 게 별다른 장점이 아니게 된 거다. 게다가 이젠 차를 여러 대 보유하거나 자주 바꾸기도 해 외운 정보가 금세 무용지물이 되기도 한다. 하지만 그는 여전히 외우고 또 외운다. '시대가 달라져도 이게 도어맨의 기본 능력이기 때문'이란다.

이렇게 30년 동안 호텔 정문을 지키다보니 유명인사란 인사는 전부 만나봤다. 역대 대통령 중엔 박정희 대통령만 빼고 전부 문을 열어줬다.

"재임 당시는 아니고 재임 전후였죠. 김영삼 · 고故 노무현 · 이명박 대통령과는 악수도 했어요. 이렇게 역대 대통령을 모두 만난 사람은 드물지 않을까요. 아, 기업 총수도 많이 만났죠. 호텔이 성공한 사람들이 오는 곳이잖아요."

그는 계속 같은 자리에 있었지만 호텔은, 아니

우리 사회는 변화를 거듭했다. 오랜 세월 한 자리에서 역사의 영욕을 다 목격한 고목처럼 그도 우리 현대의 굵직굵직한 현장을 많이 목격했다. 86년 아시안게임이나 88년 서울올림픽 등 경사도 있었지만 97년 외환 위기처럼 어려울 때도 있었다. 나랏돈이 거덜 난 상황이면 호텔도 어려웠을 것 같은데 그의 회고는 전혀 다르다.

"인수합병M&A으로 각국 금융가들이 한국에 많이 왔잖아요. 그때 리츠칼튼에 많이들 묵었어요. 국민들은 어려웠지만 솔직히 호텔은 호황을 누렸어요."

호텔이 호황이라고 그의 월급이 올라간 것도 아니지만 국민들이 다들 힘들어하는 시기에 북적이는 호텔에 근무한다는 게 내심 미안했다. 하지만 동시에 어려운 시기에 일을 할 수 있어 고맙기도 했다.

"솔직히 우리 일도어맨이 힘들어요. 가끔씩 창피한 순간도 있었지만 긍지가 없다면 절대 오래 못할 직업이죠. 후배들한테 농담처럼 '일 끝나고 배 안고프면 오늘 일 제대로 안한 것'이라고 늘 말합니다. 호텔에 오는 모든 손

1988년
라마다르네상스호텔현 르네상스호텔 · 롯데호텔월드 · 스위스그랜드호텔현 그랜드힐튼서울 개관.

1989년
인터컨티넨탈호텔현 그랜드인터컨티넨탈 개관.
아미가호텔현 임페리얼팰리스 개관.

1995년
리츠칼튼서울 개관.

1997년
더블초이스신라 · 인터컨티넨탈 공동 멤버십 런칭.
특1급 호텔 결혼식 허용.

1998년
그랜드인터컨티넨탈, 호텔 최초로 시가 바 '하바나 시가바' 운영.

1999년
코엑스인터컨티넨탈호텔 · JW 메리어트호텔 서울 개관.

2008년
롯데, 국내 최초 여성전용층 레이디스플로어 도입.

님한테 인사 한다고 생각해보세요. 당연히 체력 소모가 클 수밖에 없죠. 게다가 난 온 몸으로 인사합니다. 고객은 진심을 알아보니까요. 시켜서 하면 절대 못합니다. 내 일에 대한 자긍심이 있어서 저절로 되는 거지. 내가 그렇게 하니까 이젠 다른 직원도 따라합니다. 가끔 다른 호텔에 가보는데, 2~3m밖에 안 움직이는 사람도 있더라고요. 우리는 뛰어다녀요."

그는 체력을 키우기 위해 지금도 근무가 끝나면 매일 30분씩 직원 전용 피트니스 클럽에서 운동한다. 일과 전엔 고객 정보 외우고, 일과 후엔 체력 관리하는, 진정한 프로다. 그러다보니 가끔 퇴근 후 길에서 고객 차를 발견하면 무의식적으로 인사를 하기도 한다.

이런 아빠를 보며 자라서였을까. 그의 큰 딸 주희씨도 호텔리어가 됐다. 웨스틴조선호텔 객실 예약팀에서 근무한다. 아버지의 영향이 컸단다.

"도어맨은 호텔에 가면 처음 만나는 사람이잖아요. 전 아빠가 리츠칼튼

2012년 작은 딸 주미(왼쪽)씨 졸업식에 모인 가족들. 주미 씨 오른쪽으로 손광남 씨 부부와 큰딸 주희 씨 부부.

호텔의 얼굴이라고 생각해요. 이렇게 잘 생기기까지 했으니 호텔에 더 좋지 않을까요."

2012년
콘래드 서울 개관.

2014년
JW메리어트 동대문스퀘어 개관.

# 본드, 제임스 본드…
# 그 옆에 순택, 오 순택

　할리우드. 다른 설명이 필요 없는 영화세상의 중심이다. 변방 중의 변방 충무로는 늘 할리우드를 꿈꾸기만 했다. 그래서 박중훈·이병헌·정지훈 (가수 비)이 할리우드 영화에 등장했다는 사실만으로 '월드스타'라는 낯간 지러운 찬사를 보내며 환호했다. 하지만 1974년에 이미 그 대단한 명성의 007 영화 「황금총을 가진 사나이」에 로저 무어와 함께 출연한 한국 배우가 있었다. 1933년 목포에서 태어나 20대에 미국 유학 후 지금까지 할리우드 영화와 드라마 120여 편에 출연한 오순택씨다. 그는 스스로를 "미국과 한국 어느 곳에서도 주류가 아닌 이방인"이라고 말한다. 자, 그렇다면 오로지 오순택만을 위한 7신(scene)의 영화 한편을 지금 찍어보면 어떨까.

## 중국사람으로 위장한 광주서중 엘리트

"그땐 내가 세상에서 제일인 줄 알았지."

오순택은 지역 명문 광주서중학교<sup>현 광주제일고</sup> 출신이다. "중년의 기차 검표원이 교복 깃에 달린 광주서중 배지만 보고 경례를 할 정도"였단다. 2남 4녀의 넷째로 태어난 그는 원래 목포의 한 공업학교에 다녔다. 관심도 없는 수학·물리·전기공학만 중점적으로 가르치는 학교라 성적이 좋지 않았다. 당시 전남 강진군수였던 아버지는 명문 광주서중으로 편입하라고 '명령'했다. 목포의 공업학교 열등생이 어떻게 광주 명문학교에 들어갈 수 있었을까. 비결은 영어였다. "영어만 잘하면 다들 천재라고 했어." 광주로 간 후 그는 영화 보는 재미에 푹 빠졌다. 빡빡머리 학생이 영화관에 들락거리는 건 상상하기 어려운 시절이었지만 그는 개의치 않았다.

### 한국계 배우 출연작

**1935년**
필립 안, 빙 크로스비 주연 '애니씽 고즈'로 데뷔. '모정<sub>55년</sub>' 등 출연.

**1970년**
랜달 덕 김, 찰톤 헤스톤 주연 「하와이언스」로 데뷔.

**2001년**
성 강, 벤 애플렉 주연 「진주만」, 빈 디젤 주연 「분노의 질주: 더 맥시멈<sub>13년</sub>」 등 출연.

**2002년**
릭 윤, 피어스 브로스넌 주연 「007 어나더데이」, 제라드 버틀러 주연 「백악관 최후의 날<sub>13년</sub>」 등 출연.

"줄줄이 단추가 달린 중국옷에다 빡빡 깎은 머리 가리려고 빵떡모 자챙이 없는 모자까지 쓰고 영화를 봤어. 나 같은 애들 잡으러 다니는 감 찰관 선생님과 딱 맞닥뜨리기도 했는데 한국말 못 알아듣는 연기까 지 했다고. 물론 몇 번 쫓겨났지."

### 단성사에 살다시피 하던 연대 정외과 학생

오순택이 영화에 빠진 건 영어의 힘이 컸다. 영어실력 덕분에 목 포서 광주로 갔고, 여기서 영화를 알게 됐으니 말이다. 그는 영문과 에 가고 싶었다. 하지만 연세대 정치외교학과에 들어갔다. "무슨 대 학 무슨 과 가는 건 첫째로 학교가 정하고, 둘째로 부모님이 정하던 시절이야. 학교랑 부모님이 거기 가라하니 갈 수밖에."

연세대에 갔지만 친구들은 그를 '단성대 학생'이라고 했다. 신촌 캠퍼스보다 종로3가에 있던 영화관 단성사를 더 많이 가서다. 그는 일본 잡지 〈영어청년英語 靑年〉에 실린 영화 정보를 열심히 봤다가 한두달 뒤 단성사에서 개봉하면 얼른 달 려가 보곤 했다. 문제는 표 살 돈이었다. 한번 보는 것만으로는 성에 안차 항상 한 번 극장에 들어가면 몇 번을 보고 나왔다. 첫 회 영화표만 한 장 사서 보고는 다음 번 상 영까지 화장실 등으로 피해 다니다 슬쩍 들어와 봤다. 하지만 꼬리가 길면 결국 들킬 수밖 에. "도대체 뭐 하는 놈이냐"는 극장

오순택씨가 주연으로 출연한 브로드웨이 뮤지컬 태평양 서곡(1975)

2004년
- 존 조, 「해롤드와 쿠마」 주연, 크리스 파인 주연 「스타트렉: 더 비기닝09년」 등 출연.
- 칼 윤, 조니 메스너 주연 「아나콘다2」, 휴 잭맨 주연의 「리얼스틸11년」 등 출연.
- 산드라 오, 당시 남편이던 알렉산더 페인 감독의 「사이드 웨이」 등 출연.

2008년
저스틴 전, 크리스틴 스튜어트 주연 「트와일라잇」 「뉴문09년」 등 출연.

2009년
다니엘 헤니, 휴 잭맨 주연 「엑스맨 탄생: 울버린」으로 데뷔.

2010년
산드라 오, 니콜 키드먼 주연의 「래빗홀」 등에 출연.

관리인 불호령에 그는 새카맣게 줄 쳐 놓은 〈영어청년〉 기사를 내밀었다. "공부하려고 영화 본다고 했어. 그 다음부터는 그냥 놔두더라고. 물론 손님 많으면 알아서 계단에서 봤지."

그렇다고 학업을 아예 놓은 건 아니었다. 그는 국제사법에 관심이 있었다. 스승은 미네브라스카대에서 정치학을 전공한 서석순 박사였다. 1960년 공보실장공보처 후신·현 문화체육관광부 전신을 지낸 인물이기도 하다.

"한번은 교수 연구실에 가서 국제사법 관련 원서를 보고 있었어. 선생님서 박사이 영어를 그렇게 잘 읽느냐, 재미가 있느냐 길래 그렇다고 했더니 나보고 이 책을 갖고 있으라면서 틈틈이 '어디까지 읽었느냐, 설명해보라'고 물었지. 그땐 국제사법이 소설보다 재밌더라고."

### 4·19 때문에 바뀐 인생

대학시절 그는 아버지같이 따르던 11살 많은 큰 형<sub>길영·2006년 작고</sub>에게 "미국 가서 공부하고 싶다"는 얘기를 자주 했다. 그의 큰 형은 53년 초대 호주 영사를 지낸 외교관이다. "어느 날 큰형님이 말없이 뭔가를 슥 주는 거야. To San Francisco 샌프란시스코행라고 쓰여 있더라. 팬아메리카항공팬암 비행기표였어. 그땐 미국 가려면 부산 가서 미국 화물선에 올라가 잡일 해주다 샌디에이고에 도착하면 도망쳐야 했을 때야. 59년에 비행기 타고 미국 간 사람은 아마 나 밖에 없을 걸."

그는 이승만 정권 시절 국비장학생으로 미국에 갔다. "큰형님이 그때 이승만 대통령 부인인 프란체스카 여사 관저 비서였거든." 정치외교학을 배운다는 명목이었다. 그는 처음에 UCLA대학원 정치외교학과에 들어갔다. 하지만 60년 4·19로 자유당 정권이 무너지면서 돈이 끊겼다. 그는 중대한 선택을 한다. 전공을 연기로 바꾸기로 말이다. "사실 갑자기 마음을 바꾼 건 아니야. 국제사법을 공부하고 싶은 마음도 있었지만 배우가 되고 싶다는 마음도 항상 품고 있었거든. 그런데 미국에서 배우 공부하겠다고 하면 누가 도와주겠어. 미친놈이라고 하지. 그런데 이젠 나라 돈 받는 것도 아니니까 내가 하고 싶은 연기공부를 할 수 있잖아. 물론 장학금이 끊기는 일이 없었다면 계속 국제사법을 공부했겠지." 그는 한국에 있던 가족에겐 이 사실을 알리지 않았다.

### 새벽 4시까지 부엌일 · 학교 출입문에서 2시간 쪽잠

그는 제대로 연기공부를 하겠다며 로스앤젤레스에서 72시간 그레이하운드 버스를 타고 뉴욕에 가 2년제 연기 전문학교인 '네이버후드 플레이하우스 스쿨 오브 씨어터'에 들어갔다. 제대로 된 고생의 시작이었다. "낮에는 수업 듣고 오후 6시부터 다음날 오전 4시까지 식당 부엌에서 일했지. 그러곤 학교 문 여는 오전 6시까지 학교 출입문에 기대서 2시간 눈을 부쳤어. 학교에 들어가면 라커룸 벤

2011년
켄 정, 샤이아 라보프 주연의 「트랜스포머3」 등에 출연.

2012년
월 윤 리, 콜린파렐 주연의 「토탈리콜」 휴 잭맨 주연의 「더 울버린13년」 등에 출연.

## 한국배우 및 감독

1974년
오순택 로저무어 주연 「007 황금총을 가진 사나이」 출연.

1989년
이두용 감독 「침묵의 암살자」 연출, 액션브라더스 · 패닉프로덕션 공동 제작

2002년
박중훈, 마크 월버그 주연 「찰리의 진실」 출연.

치나 도서관 소파에서 자고."

이렇게 1년을 보냈다. "한국 돌아가 배우를 하면 되겠다" 싶었다. 그런데 여름 방학 동안 캘리포니아의 한 모텔에 머무르는 데 학교에서 연락이 왔다. 2학년 진급을 알리는 소식이었다. 1학년 160여 명 중 2학년 진급 전화 받는 20여 명 중에 든 거다. 그러나 행복하지 않았다. 돈이 문제였다. "한국 돌아가려는데 돈이 없어서 한국 가는 화물선 일자리 구하는 중이라고 말했어. 아이쿠, 학교를 1년 더 다닌다는 게 까마득하더라고."

다른 학생 같으면 고맙다고 할 상황을 거절하니 학교 측은 적잖이 당황했다. 결국 장학금에 생활비, 옷 사입을 돈까지 준다는 확답을 듣고 나서 한국행을 접었다.

### 로저 무어와 함께 007에 출연한 동양인

그는 연기학교 졸업 후 UCLA대학원으로 돌아왔다. 대학원 재학 중 65년 연극 「라쇼몽」 주연을 맡아 1년 반 동안 공연했다. 이를 계기로 67년 방영한 CBS 드라마 「앨리 윈터의 마지막 전쟁」에서 월맹군 중위 역을 맡기도 했다. 그의 이름을 대중에게 알린 첫 작품은 74년 작 「007 황금총을 가진

오순택씨가 로저 무어를 돕는 영국 비밀정보국 홍콩 주재 요원으로 출연한 영화 「007 제9탄–황금총을 가진 사나이」(1974)

커크 더글라스와 마틴 쉰 주연의 「최후의 카운트다운」(1980)에선 일본군 조종사로 출연했다.

사나이」다. 제임스 본드로서 무어를 돕는 홍콩
주재 정보요원힙 경사 역이었다. 그는 연극 연
습하던 복장 그대로 007 제작·감독을 비롯
한 관계자와 캐스팅 인터뷰를 했다. 일부러
그런 게 아니다.

"운동복 아니면 진에 티셔츠 차림이었을
거야. 에이전트사가 빨리 와보라며 차를 보
냈는데 그런 자리인 줄도 모르고 갔지. 배우
들은 인터뷰 자리에 관계자 몇 명이 앉아 있
는지 보면 배역 비중이 딱 나와. 그런데 10명
가까이 앉아 있었다니까. 질겁했지. 그 때는
007 개봉 자체가 영화계 '빅 이벤트'였던 시절
이었어."

### 세기의 여인들과의 추억

75~76년 뉴욕 윈터 가든에서 뮤지컬 「태평
양 서곡」 주연을 맡았다. 잉그리드 버그만과

2008년

정지훈비, 에밀 허쉬 주연 「스피드
레이서」 「닌자어쌔신09년」 출연.

2009년

이병헌, 채닝 테이텀 주연 「지.아
이.조: 전쟁의 서막」으로 데뷔.
브루스 윌리스 주연 「레드: 더
레전드13년」 등 출연.
전지현, 「블러드」로 데뷔.

2010년

이승무 감독, 장동건, 「워리어스
웨이」로 데뷔.

2012년

배두나, 톰 행크스 주연 「클라우
드 아틀라스」로 데뷔.

의 추억은 이때 생겼다. 가부키 분장을 하고 무대 중앙에 선 그가 뒤로 돌아서면서 오케스트라 연주와 함께 극이 시작된다. 그런데 하필 그 때 객석 맨 앞줄에 앉아 있던 버그만과 눈이 마주쳤다. 돌아서는 걸 까먹었다. "유명한 배우잖아. 놀라서 그냥 쳐다보고 서 있었지. 15~20초간 그 상태로 움직이지 않았어."

엘리자베스 테일러는 무대가 끝난 후 그의 분장실에 직접 찾아오기도 했다. "엘리자베스 테일러를 찍겠다고 수많은 기자들이 쫓아 왔어. 눈이 녹색이었는데 매력적이다 못해 매혹적이었다니까." 엘리자베스 테일러와 함께 찍은 사진은 당시 국내 언론에도 보도됐다.

### 마이클 더글러스 보다 더 주면 그 XX 짓 하겠소

그는 많은 작품에 출연했다. 하지만 제의가 들어온다고 무조건 한 건 아니다. 납득 가지 않는 역할은 마다했다. 마이클 더글러스 주연의 「폴링다운1993년」이 대표적이다. "주인공이 한국인이 하는 편의점에 와서 행패를 부리는데 카운터 뒤에 숨어 벌벌 떠는 한국인 주인 역할이었어. 당시 실제로 편의점 하는 한국인 이민 1세 대부분은 편의점이 전 재산이야. 그런데 누가 됐든 내 가게에 들어와 내 물건을 함부로 하면 죽기 아니면 살기로 덤비지, 무서워서 숨을 사람이 어디 있겠어." 제작사 미팅자리에서 그는 엄포를 놨다. "나한테 마이클 더글러스 보다 출연료 더 주면 그 XX 짓 해 주겠다 그랬어." 사실상의 거절이었다. 그 역은 중국계 미국인 마이클 폴 챈이 맡았다. 그는 영화 개봉 이후 챈을 사석에서 만났다. "그 역할이 중국인이었다면 그렇게 했을 거 같으냐고 물었어. 그는 손으로 얼굴을 가리면서 '어후,

죄송합니다' 이러더라고." 「폴링다운」은 한국 비하 논란으로 한국에선 4년 뒤 겨우 개봉했다.

### 에필로그

미국에서의 36년 연기생활. 그는 한 가지 아쉬움이 있다고 했다. "주연 하고 싶지 않은 배우가 어디 있어. 하지만 금발의 파란색 눈을 가진 30대 배우가 가장 잘 팔리니 주연을 도맡아 하지. 저 정도 역은 나도 할 수 있는데 까만 머리 동양인이라 결국 못해봤지."

그는 2001년 한국으로 돌아왔다. 한국예술종합대학 · 계명대 등에서 교수를 지냈다. 그러나 한국에서도 해소 되지 않는 아쉬움이 있다고 했다.

"내가 할리우드에서 활동 했잖아. 그런데 돌아온 지 10년이 넘었는데 한국 영화계는 내가 있는지 없는지, 죽었는지 살았는지도 흥미가 없어." 그가 2001년 이후 출연한 영화는 박중훈 · 천정명 주연의 「강적 2006년」 한 편 뿐이다. 하지만 그는 여전히 연기하는 배우를 꿈꾸고 있다.

클라우드 아틀라스

2013년
– 김지운 감독, 아놀드슈왈제너거 주연 「라스트스탠드」 연출.
– 박찬욱 감독, 니콜 키드먼 주연 「스토커」 연출.

스토커

2014년
봉준호 감독, 「설국열차 13년」 미국 개봉.
보아, 「메이크 유어 무브」로 데뷔.
최민식, 스칼렛 요한슨 주연 「루시」로 데뷔.

설국열차

# 이영원 대표,
# 28층에서 아테네까지

　내로라하는 수입 럭셔리 브랜드로 채워진 압구정동 갤러리아 백화점 명품관 이스트엔 한국 남성복 브랜드가 딱 하나 있다. 맞춤 양복점 장미라사다. 1998년 입점했으니 벌써 18년 차로, 갤러리아에서 남녀·국내외 브랜드를 통틀어 가장 오래됐다. 어지간한 명품도 몇 년 버티기 힘들다는 백화점에서 이렇게 장수한 저력은 뭘까. 장미라사 이영원 대표의 삶에 답이 녹아있었다. 한국 양복의 지나온 역사, 그리고 미래를 동시에 보여주는 양복쟁이의 인생을 들여다봤다.

### 최종학력 고졸의 CEO

"나는 옷하고 아무 상관없던 사람이에요. 그저 서울에 살아야겠다는 생각뿐이었어요."

20살 때던 1977년 부산에서 고등학교를 졸업하자마자 서울에 왔다. 당시엔 서울에 살려면 서울에 있는 대학에 진학하거나 회사에 취직하는 두 가지 방법 밖에 없었다. 솔직히 공부는 잘 못했다. 지방대 겨우 갈 성적이었다. "돈이나 벌자" 싶어 삼성물산에 지원했고, 공채로 입사했다.

처음 발령받은 곳이 장미라사팀이었다제일모직에서 처음 시작된 장미라사는1970년대 말 삼성물산으로 조직 개편됐다가 1978년 다시 제일모직으로 돌아왔다. 고졸 신입직원인 그에게 떨어진 일은 봉제사업부의 단순 업무 보조였다. 똑같이 고졸로 서울에 온 친구들은 은행에 들어가 번듯한 은행원이 되기도 하고 대학에 들어가 행정고시에 붙기도 했다.

"고민이 많았죠. 하지만 나는 일하자, 마음먹었어요. 그래서 여기까지 왔죠."

무지막지한 학벌사회라지만 대기업 최고경영자CEO나 고위 공무원 중에도 고졸 출신이 적지 않다. 하지만 한 꺼풀 벗겨내 보면 고

## 장미라사 역사

1954년
제일모직 한 부서로 시작.

1956년
'장미라사'라는 브랜드로 맞춤양복 시작.

1960년대
미8군 PX · 소공동 매장 운영.

1963년
신세계백화점 매장 운영.

1977년
소공동 매장, 삼성본관으로 이전. 미8군 PX · 신세계백화점 매장은 없앰.

1988년
김선하 본부장, 지분 인수해 제일모직에서 독립.

1998년
이영원 대표, 지분 인수. 갤러리아 명품관 입점.

2013년
부산 센텀시티점 개점.

## 한국 신사복 역사

자료: 한국맞춤양복협회, 한국패션협회, 『한국양복100년사』

1627년
네덜란드인 벨트브레가 표류하다 제주도 상륙. 그의 선원복이 조선인이 접한 최초의 근대 서양 옷.

졸로 사회생활을 시작했다는 얘기일 뿐 나중에 대학 졸업장을 따거나, 최소한 무슨 명문대학 최고경영자 과정 수료증이라도 하나쯤 다 갖고 있다. 하지만 이 대표는 말 그대로 고졸이다.

"공부할 게 너무 많아서 대학에 못 갔어요. 학교 갈 시간이 없어요. 공부는 늘 합니다. 옷 핑계로 60개국 이상 다녔어요. 사하라 사막, 히말라야 산, 바그다드…. 볼수록 세상엔 배울 게 너무 많아요. 요즘 유럽에 가면 오래된 도시나 박물관에서 시간을 많이 보내요. 이탈리아 꼬모에 가면 아예 길에 자리 잡고 앉아서 부자들이 어떻게 입나 보고, 스위스 루가노에선 돈 많은 노인들 봐요."

장미라사 본점에 있는 낡은 미싱.
초창기 이 미싱으로 작업했다.

## 그가 본 이병철

"이병철 회장만한 멋쟁이는 다시는 없죠."

이 대표는 삼성 창업주인 고故 이병철 회장 1910~87을 "더 없이 멋있는 사람"으로 표현했다. "탐미주의자예요. 그 연세에 남들 안 입는 핑크빛 재킷도 즐겨 입었거든요."

이런 사실을 아는 이유는 그가 장미라사에 근무한 지 얼마 지나지 않아서부터 이 회장이 작고할 때까지 10년 가까이 옷 심부름을 담당했기 때문이다. 이 회장이 맞춘 옷을 사무실로 배달하거나 관리하는 일이었다.

"옷 잘 입는 사람이라고 해도 보통은 그냥 장소에 맞춰 입는 정도잖아요. 그런데 이 회장님은 달랐어요. 그날 머릿속에 든 생각에 맞춰 옷을 입는 거예요. 가령 반도체를 추진할 때는 머리도 메탈 그레이짙은 회색로 염색하고 재킷도 비둘기 색보다 더 짙은 회색을 골라 입어요. 바지는 밝은 블루로 하고. 한번은 28층 회장실에 올라가니 홍진기 회장 1917~86이랑 무슨 전자 얘기를 한참 하는데, 그 복장이더라고요.

1881년

개화파 정치인 서광범이 일본에 수신사로 파견갔다 요코하마의 양복점에서 양복 구입. 양복입은 최초의 조선인.

1889년

일본인이 설립한 양복점 '하마다' 개점.현 광화문 우체국 앞 조선 거주 일본공사관 직원 등의 양복 제작. 양복이 공인된 1895년부터 조선왕실 양복도 주문받음.

1895년

단발령으로 외국 의복 허용함에 따라 양복 공인.

1900년

칙령 14호·15호 통해 관복을 서구식으로 바꿈. 영국 궁중 예복을 본 딴 일본 대례복 참고.

1903년

한국인 최초의 '한흥양복점' 개점. 3년 동안 서울에 10여 개가 더 생김.

1916년

종로양복점 개점현존 最古 양복점.

또 예술품에 관심 있는 시기는 그에 맞게 입고. 어린 나이에 그걸 보면서 '무슨 그림 그리듯 옷을 입는구나' 싶었어요."

### 인생의 터닝 포인트

그는 88년을 인생의 가장 중요한 전환기라고 늘 말한다. 서울올림픽이 열리지 않았다면 장미라사는 이미 오래 전에 사라졌을 지도 모르기 때문이다. 여기엔 크게 두 가지 이유가 있다. 하나는 글로벌화의 시작, 다른 하나는 대기업으로부터의 독립이다.

"올림픽 전에는 한국사회 전체가 정말 모든 면에서 우물 안 개구리였죠. 옷도 마찬가지구요. 옷에 대해 아무 것도 모르고 옷을 만들어왔구나, 라는 걸 자각하게 된 계기가 올림픽이에요. 이탈리아·영국 등 세계적인 옷을 비로소 볼 수 있었으니까요. 그전에는 일본만 쳐다봤거든요. 일본 옷하고 비슷하게 만드니까 그저 우리가 잘 만드는 줄로만 알았죠. 그러다가 좋은 옷이 뭔지, 아니 무슨 옷을 만들어야 하는 지를 처음 생각하게 된거죠."

당장 체질 개선에 들어갔다. "사실 장미라사가 너무 잘 될 때예요. 바꾸지 않으면 안될 시기가 온거죠. 잘 될 때 안 바꾸면 늦습니다. 마케팅의 기본 아닌가요."

개인으로서뿐만 아니라 기업 역시 세계로 눈을 돌리는 계기였다. 장미라사가 88년 제일모직으로부터 독립한 것도 이런 영향이 컸다.

"이건희 회장이 취임한 지 얼마 안 됐을 때인데 각 회사별로 월드베스트로 내놓을 수 있는 게 뭔지 찾았던 것 같아요. 제일모직에서는 당시 장미라사가 일종의 대표상품이었지만 세계에 내놓을 수 있는 품목, 더욱이 대기업이 하기엔 적합하지 않다고 판단한 것 같아요."

당시 본부장이던 김선하 전 회장이 장미라사 지분을 넘겨받아 나오면서 당시 총괄담당이던 이 대표를 매니저로 함께 데리고 왔다.

"사실 전 삼성 소속으로 있는 게 더 낫죠. 그래서 김 전 회장한테 장미라사의 실질적인

**1920년대**

양복 확산기. 양복 수요가 급격하게 늘며, 양복기술 배우는 실습소가 서울·개성·평양·부산·인천·대구·마산·사리원·진남포·신의주·광주·대전 등 주요도시에 생김.

**1930년대**

태평양전쟁으로 양복 원료인 복지가 배급제가 되면서 양복업계가 타격을 받자 한·일 양복업자 간 대립 심화. 일본은 '한성양복상조합' 등 한인 조직 양복단체를 강제 해산한 뒤 일본 단체 '경성양복상조합'에 병합.

**1945년**

양복인 단체인 전선복장연구회 한국맞춤양복협회 출범.

**1949년**

전선복장연구회 발간 '새옷' 출간. 양복 기술 소개하고 연구회 활동 홍보.

**1950년대**

후반 마카오로부터 불법 유통된 원단으로 옷을 맞춰 입는 멋쟁이가 늘면서 '마카오 신사'라는 말 유행.

**1960년대**

복장연구회·대한복식디자이너협회 공동주최로 YWCA 회관에서 국내 최초의 신사복 패션쇼 개최. 최초의 여성복 패션쇼는 56년 노라노 패션쇼.

운영을 맡겨주면 따라가겠다고 했더니 선뜻 그러마, 하는 거예요. 몇 년 뒤 아예 지분을 넘긴다는 약속과 함께요."

그리고 10년 후인 98년. 김 전 회장은 약속대로 지분을 넘겼다.

### 아테네의 쓰러진 돌기둥에서도 보이는 좋은 옷

올림픽 후 이 대표 머리는 온통 좋은 옷에 대한 고민뿐이었다. 이 때부터 그의 본격적인 해외출장이 시작됐다.

"올림픽 전에는 출장이라도 해외 나가기 어려웠죠. 무슨 서양교육 그런 것도 받았을 걸요1989년 해외여행이 자유화됐다. 사실 그때도 기회가 아주 없지는 않았어요. 사실상 장미라사 운영을 도맡아 하고 있었으니까요. 그런데 내가 가야할 출장도 윗사람이 가는 거예요. 싸워보기도 했는데, 뭐 소용없었죠."

소공동 삼성본관 지하에 있는 장미라사 매장

그러다 장미라사가 제일모직으로부터 독립한 후인 90년 로마에 처음 갔다. 이때도 회사 돈이 아니라 사재였다. 빚내서 1,000만 원 들고 이탈리아와 프랑스를 둘러보고 왔다. 당시 일반 직원 월급이 100만 원도 안 될 때였다.

"충격을 받았어요. 컬처 쇼크라고 해야 하나. 정신을 못 차리겠더라고. 나는 지금껏 뭐 했나 싶고, 빨리 더 배워야 한다는 생각에 계속 다시 나갔죠."

그는 지금도 1년에 넉 달은 해외에서 보낸다.

처음엔 사재 털어 단신으로 나갔지만 이젠 직원도 자주 데려간다. 특히 재단사와는 아테네를 즐겨 갔다. 많이 갈 땐 한해 네 번 간 적도 있다. 라인을 보여주고 싶어서다.

"가봐야 아무 것도 없어요. 쓰러진 돌기둥 밖에는. 하지만 많이 보면 나중엔 좀 보여요. 정말 아는 만큼 보여요. 뭔지 설명할 수는 없지만 그 실루엣. 나중에 듣고 보니 옷 좋아하는 영국 사람들도 다들 많이 갔더라고요."

시장조사 방식도 여느 회사와는 다르게 한다. 여직원들 데리고 출장을 가면 각자 2,000~3,000달러씩 주고는 돈 하나도 남기지

1963년
장미라사, 업계 최초로 백화점신세계 입점.

1966년
대한상공조합연합회 주관 제1회 전국기술경진대회 개최. 한국 신사복 기술 콩쿨의 시초.

1967년
스페인 국제기능올림픽 양복 직종에서 홍근삼 씨가 금메달 획득. 이후 한국은 양복 직종 12연패.

1970년
제일모직, 국내 최초의 기성복 양복 브랜드 '댄디' 출하. 산업화 진전으로 신사복이 상류층에서 대중으로 확산. 맞춤복에서 기성복 시대로 전환.

1973년
신세계백화점, 미국 캐주얼 브랜드 '맥그리거'와 기술 제휴 통해 국내 최초로 해외 브랜드 도입.

1980년대
양복 대량생산과 소비가 조화를 이루며 기성복 전성기 시작.

말고 자기가 쓸 걸 사라고 한다. 보는 것과 내 것 사는 것은 엄청난 차이가 있기 때문이다. "직접 느껴야죠. 딱 자기 수준만큼 삽니다."

**갤러리아 명품관에 입점하다**

이 대표는 대략 10년마다 굵직한 전환점을 맞았다. 한국이 외환위기로 고통 받던 98년에도 역시 그의 인생엔 또 하나의 큰 사건이 있었다. 아니, 저질렀다고 해야 하나. 맞춤 양복집 최초로 백화점, 그것도 압구정동 갤러리아 명품관에 입점한 거다. 지분을 인수해 장미라사 대표에 취임한 해다.

"차별화해야 하니까요."

왜 갤러리아였느냐고 묻자 이렇게 답했다. 당시 해외 럭셔리 브랜드로만 구성한 명품관은 갤러리아 한 곳 뿐이었다. 국내 럭셔리 시장이 막 뜨기 시작할 때다.

"입점했다는 사실만으로 명품으로 인정받는 거잖아요. 국내 브랜드는 우리 하나뿐이었어요. 당시 갤러리아 최상순 사장하고 담판을 지었죠. 우리도 명품인데 왜 안 받느냐고 억지 부려서 들어갔죠."

대단한 해외 럭셔리 브랜드 사이에서 기가 죽을 법도 한데 그는 오히려 "자극을 받아 좋다"고 했다. "색감이나 실루엣은 확실히 월등히 뛰어나요. 배워야죠. 갈수록 내가 참 모른다는 걸 깨닫게 돼요."

장미라사는 40만~100만 원대 중가 제품은 없앴다. 기성복과 비슷한 가격과 품질로는 승산이 없다는 판단에서다. 대신 200만~400만 원대에 집중했다. 가격만 올린 게 아니라 품질 좋은 원단을 사용하기 때문이다. 갤러리아 입점 첫 해 전체 남성복 가운데 매출 3위를 기록

했다. 갤러리아 측은 "지금도 장미라사는 입점 브랜드 중 중간 이상의 매출을 올린다"고 설명했다. 갤러리아, 그리고 태평로 본점, 지난해 오픈한 부산 센텀시티에서 그가 1년에 파는 양복은 2,000여 벌이나 된다.

"캐시미어 재킷은 세계에서 내가 가장 많이 팔아요. 원단 파는 사람은 아니까 이건 이탈리아에서도 인정해요."

### 이유있는 무한도전

한국을 지키려면 한국을 떠나야 한다. 남들 눈엔 무모한 도전을 그가 계속 하는 이유다.

"차라리 한복은 외국에 팔 수 있을지 몰라도 양복 파는 건 어렵잖아요. 제일모직이 전에 세계적인 원단을 만들겠다면서 양복 한 벌에만 불짜리 원단을 파리에 팔러 간 적이 있어요. 거기 업체 사람이 '한국 가서 케냐 진생인삼 좋다면서 사라고 하면 누가 사겠느냐'고 하더라고요. 못 팔았죠. 그런데 역설적으로 그걸 깨지 않고는 아무 것도 못해요. 내수만 하면 된다는 건 착각이에요. 외국에서 못 파는데 한국을 어떻게 지켜요. 외국 브랜드가 계속 밀고 들어오는데. 지키려고 하면 실패할 수밖에 없어요."

해외에 나가기로 마음을 먹은 것도, 또 첫 해외 진출지로 네팔을 택한 것도 이런 철학이 깔려 있다. 히말라야 여행을 갔다 네팔 왕족이 영국제 양복을 입는 것을 보고 "여기구나" 했단다. 여러 시도 끝에 결국 왕에게 양복을 입혔다. 그런데 쿠데타로 왕이 죽고, 혁명으로 쫓겨나는 등 정세가 너무 불안정한 데다 공화정이 들어선 후로 더 이상 가지 않는다.

그 다음 도전한 게 중동이다. 이 대표는 지난해 6월 이후 내전이 있는 중동 지역에서 살다시피 했다. 그곳 상류층에게 양복을 팔기 위해서다. "날씨가 더워서 양복 안 입을 거라고 생각하지만 그렇지 않아요. 영국 테일러들한테 옷 해 입던 사람들이에요. 옷 입는 수준이 상상을 뛰어넘어요. 그런데 지금 전쟁 중이라 영국 사람들이 안가잖아요. 그래서 제가 갔죠."

### 버릴 수 없는 이름, 장미라사

장미라사. 지금 시대에 참 촌스런 이름이다. 사실 처음엔 잠깐 부르고 말 운명이었다. 56년 제일모직 원단을 테스트하기 위한 부서로 처음 생겨났기에 딱히 특별한 이름이 없었다. 당시 양복엔 모두들 '라사'유럽을 의미하는 구라파의 羅에 원단을 뜻하는 絲를 붙였고, 거기에 당시 삼성의 상징인 장미를 붙여 장미라사라는 애칭으로 불렀는데, 그게 브랜드로 굳어졌다.

그는 이름을 바꿀 생각이 없다고 했다. "오래된 게 클래식이 되기도 하려니와, 또 더 새롭게 느껴질 때가 있어요. '장미'라는 이름이 남자와 잘 어울리지 않는 단어지만 그래서 오히려 차별화가 되요. 우리가 아무리 모던하게 바꾼다 해도 어디 유럽 브랜드하고 상대가 되나요. 게다가 인생을 같이 한 이름인데 바꿀 수 있나요."

# 미국백화점 카탈로그, 플레이보이…
# 한국을 키운 참 사소한 책들

문을 열자 헌책 냄새가 가득했다. 한 사람이 겨우 지나갈 정도로 좁은 ㅁ자 통로만 남겨놓고 17평(56㎡) 공간은 모두 천장까지 맞닿은 높은 책장으로 뒤덮여 있었다. 거기 꽂혀있는 책이 무려 10만여 권, 전부 영어로 된 헌책이다. 이태원 인근 지하철 6호선 녹사평 역 앞에 있는 포린북스토어라는 영어 헌책방 모습이다. 이곳 사장은 이태원에서만 벌써 41년째 영어 헌책방을 하는 최기웅씨다. "영어 헌책방으로는 가장 오래됐지 싶은데." 그가 영어 헌책방을 시작한 건 48년 전인 1967년이다. 지금처럼 영어 배우는 사람이 많지도, 또 외국 서적 수입이 쉬웠던 시절도 아니다. 그는 미군 부대 쓰레기장을 뒤지며 헌책을 수집해 팔았다. "영어책이 귀했어. 내가 판 영어책 보고 공부해서 유학 가고 박사 한 사람이 여럿 일거야. 이 나라 발전에 한 몫 한 셈이지, 안그래?" 그는 헌책방 주인이라는 자기 일을 자랑스러워했다.

## 6 · 25, 그리고 디즈니 만화책과의 첫 만남

최기웅씨가 영어 헌책 장사를 시작한 건 1967년 서울에서다. 하지만 영어 책과의 인연은 훨씬 더 어린 시절로 거슬러 올라간다. 그는 43년 서울 서대문구 현저동에서 5남 4녀 중 다섯째로 태어났는데 광복 후 온 가족이 경기도 여주로 가 농사를 지었다. 그때 겪은 6 · 25 전쟁은 7살 먹은 그의 눈에도 참혹했다. "꿀꿀이죽이라고 알아? 아휴, 말도 마. 미군부대에서 나온 음식쓰레기로 죽을 해 먹었어. 이빨자국 남은 먹다 남은 사과는 감사할 정도지. 담배꽁초도 넣고 끓였으니까."

그의 기억 속엔 인민군을 피해 마을 이곳 저곳을 도망 다니던 가족, 겁탈을 피하려고 얼굴에 재를 바른 젊은 여자들 모습 등이 남

**1943년**
서울 서대문구 현저동에서 5남 4녀 중 다섯째로 태어나.

**1945년**
서울에서 해방 맞아, 좌 · 우 갈등으로 혼란스러운 서울.

**1947년**
전쟁이 날 것을 걱정하던 아버지는 고향에서 농사짓자며 경기도 여주로 이사.

**6 · 25 전쟁**
(1950년 6월 25일~1953년 7월 27일)
"미군 아니었으면 굶어 죽었을 거야. 미군 부대서 버린 음식 쓰레기로 끓인 꿀꿀이죽으로 겨우 먹고 살았어. 미군이 버리고 간 만화책을 처음 봤는데, '와 세상에 이런 그림이' 했어. 결국 영어책 장수가 됐지. 어릴 적 기억이 평생 가."

**1950년**
여주에서 6 · 25 전쟁 겪어, 큰형님 최원순당시 20살 · 살아 있다면 83세씨가 실종돼 아직 생사 여부 몰라.

**전쟁 직후 피폐해진 한국, 탄광으로 몰려드는 사람들**
"전쟁 통에 다 부서지고 망가지고, 할 수 있는 게 없잖아. 탄광으로 모여들었어."

45

아있다. "그때 큰 형이 실종
됐어. 인민군에 끌려간 것
같은데…, 지금도 살았는지
죽었는지 몰라."

한국 사람이 다 그랬듯
그도 그렇게 6·25를 겪었
다. 하지만 남다른 점이 있
었다. 바로 미국 만화책과
의 만남이다. "지금도 선명
해. 책 자체가 귀했던 때인
데 올 컬러로 된 만화를 봤
으니 얼마나 신기해. 미군
이 버리고 간 디즈니 만화
책이었어. '세상에 이런 그

여주에서 6·25전쟁 겪어. 큰 형님 최원순(가운데, 당시 20세. 살아있
다면 현재 83세)씨가 실종돼 아직 생사 여부를 모른다고.

림이 있나' 싶어 몇 날 며칠을 종이가 닳도록 봤어. 그 기억이 결국
영어책 장사로 이어진 거지."

## 미군에겐 쓰레기, 우리에겐 생계수단

중학교를 마친 그는 백화점 판매원이던 둘째 누나를 따라 서울에
와서 이발 기술을 익혔다. 무허가 이발소를 운영하다 유치장에도 여
러 번 들어갔다. 경찰 단속이 하도 지긋지긋해 보따리 이발사를 하기
도 했다. "그때는 다들 그렇게 돈 벌었어. 먹고 살려면 뭐든지 할 수
밖에 없었어."

그러다 66년 군대를 제대했다. 만기 36개월에서 6개월 모자란 30개월 만의 의병제대였다. 월남 파병을 앞두고 한 신체검사에서 폐결핵 판정을 받았기 때문이다. 치료할 여유가 없던 군은 그를 그냥 사회로 돌려보냈다. 치료를 못 받았으니 제대 후 수개월 동안 몸이 성치 않았다. 설상가상. 어머니가 암으로 쓰러졌다. 실종된 형 대신 어머니를 돌보며 돈 벌 수 있는 일을 찾아야 했다.

무작정 일거리를 찾아 매일 집을 나섰다. 그러던 어느 날 삼각지 부근 고물상에서 산더미처럼 쌓여 있는 외국 책과 잡지를 봤다. 미군이 버린 책들이었다. 불현듯 어릴 적 기억이 스쳐지나갔다. 올 컬러 잡지는 구경도 못하던 시절 아닌가. '컬러 사진 위에 시를 적어 시화를 만들어 팔자.' 30장을 만들어 명동 입구에 늘어놓았다. "거기 노점상들이 텃세 부리면 어쩌나 걱정했는데, 일이 재미있게 해결됐어. 이 사람들도 컬러 사진이 신기한 거야. 예술 공부하는 학생이 아르바이트 하는 걸로 생각하더라고."

**1954년**
여주 논밭 팔고 충남 보령으로 이사. 탄광 사람 대상으로 아버지가 우동 장사 시작.

**1960년**
탄광 폐쇄. 손님 줄어 먹고 살기 힘들어져.

**일자리 찾아 서울로 몰려드는 사람들**
"시골보다 서울 땅값이 쌌어. 논밭 없는 사람들이 서울로 몰려들수 밖에."

**1961년**
중학교 졸업 후 가족 생계 위해 돈 벌려고 서울 상경.
친척 밑에서 이발 기술 익혀.

**1962년**
당산동에서 무허가 이발소 운영하다 잦은 경찰 단속 피해 행상 이발사보따리 이발사로 생계 유지.

**1963년**
양평 백마부대 입대.

**베트남 전쟁(1965~73년)**
"베트남 파병 갈 뻔 했어. 만약 갔더라면 지금 뭘 하고 살까, 아니 살아 있기는 할까."

**1966년**
군 복무 중 베트남 파병 결정돼 훈련까지 받았으나 폐결핵 판정 받아 30개월 만에 의병제대.

시화가 잘 팔리자 미대 출신 한 부부가 전문제작자로 나서겠다며 최씨에게 미국 잡지를 구해달라고 제의했다. 그때부터 최씨는 고물상과 미군부대 쓰레기장을 돌았다. 당시 영어 책과 컬러 잡지를 구할 수 있던 곳은 미군부대 뿐이었다. 용산은 물론 인천·김포·동두천·문산까지 미군부대 십 여 군데를 매일 돌았다. "미군부대 쓰레기장에서 나오는 것 중엔 버릴 게 없었어. 전부 재활용품이나 산업원료로 팔았어. 쓰레기 장사해서 돈 번 자산가도 있을 정도였으니까. 미군에겐 쓰레기였겠지만 우리에겐 먹고 살 수단이 된거지."

그렇게 수거한 책을 종로·명동에 있는 서점에 팔았다. 영어 책이 워낙 귀한지라 내놓는 족족 서점이 사들였다. 일본을 통해 외국서적이 아주 조금 수입되긴 했지만 가격이 너무 비쌌다. 67년 최씨는 리어카 한대 끌고 화신백화점지금 국세청 건물 뒷골목에 아예 노점을 차렸다.

### 〈플레이보이〉, 그리고 앙드레 김

아침에 일어나 낮까지는 미군부대 돌며 외국 책 수거해 서점에 납품하고, 저녁엔 남은 책으로 종로 뒷골목에서 노점을 했다. "세상 많이 좋아졌지. 지금 노점 생각하면 안돼. 고무바퀴 리어카는 비싸서 엄두도 못 냈어. 딸딸이 리어카라고, 석유통 끄트머리를 잘라서 바퀴로 쓴 거야. 끌 때마다 덜컹덜컹 소리가 나서 딸딸이 리어카라고 불렀어. 가스등 하나 키고 장사했지."

장사는 잘됐다. 영어공부 하려고 책을 찾는 사람보다는 이발소·

쌀집 · 군밤장수 · 호떡장수가 더 많이 사갔
다. 이발소에선 면도칼 닦으려고, 노점상은
봉투 만들어 쓰려고 사갔다. 점점 입소문이
나자 외국 서적에 목마른 대학생들도 최씨 노
점을 찾기 시작했다. "이대 영문과 학생들이
많이 왔어. 콘사이스 같은 영영사전 하나 갖
다 놓으면 금세 팔려. 그땐 영영사전 구하기
가 하늘의 별 따기였거든."

가장 잘 팔린 책은 따로 있다. 〈플레이보이〉
다. "지금이랑 비교하면 시시해. 그냥 비키니
수영복 차림뿐이었어. 그런데도 남자들이 〈플
레이보이〉 없냐고 그렇게 찾아대. 그땐 그게
음란서적으로 분류 돼서 갖고 있는 게 걸리면
벌금 물고 구류 살았어. 구하기 힘드니까 나
한테 와서 사간거지."

〈플레이보이〉만큼 잘 팔린 게 미국 백화점
카탈로그였다. "의류 · 구두 · 전자제품 · 귀
금속 만드는 사람들이 많이 사갔어. 미국이
최고이던 시대잖아. 다들 미국제품 따라 만
들려고 했어." 카탈로그는 80년대까지 잘 팔
렸다. 다만 시대에 따라 카탈로그 찾는 사람
이 달라졌다. 60~70년대는 의류 · 구두장수
가, 80년대 들어서선 전자제품 · 귀금속 장수

**2차 경제개발계획**
**(1967~71년, 연평균 9.7% 성장)**

"미국 백화점 카탈로그가 잘 팔
렸어. 경제가 막 발전하던 때인
데, 제품은 만들어야겠는데 견
본이 없으니 난리였지. 의류업
자들이 백화점 카탈로그를 많이
찾았어."

**1967년**

우연히 미군부대에서 버린 영어
책 발견. 미군부대 돌면서 영어
로 된 헌책과 잡지 수거해 종로
뒷골목에서 노점 시작.

**1971년**

큰 누나한테 50만 원 빌려 청계
천 8가에 영어 헌책방 열어. 가
게 비우라는 건물주 요구로 1년
만에 거리로 내쫓겨.

**1972년**

저작권 개념이 없던 시절. 책 제
본해 판매. 미국 백화점 카탈로
그, 에릭 시갈 『러브스토리』등 판
매. 슬롯머신에 빠져 번 돈 탕진.

**1차 석유파동(1973~74년)**

"나한텐 책밖에 없었어. 일어서
려고 책 제본 판매를 다시 시작
했는데, 석유파동이 온거야. 물
가가 계속 뛰면서 제작비가 눈
덩이처럼 불었어. 제본 맡긴 걸
찾아오려고 빚을 졌는데, 결국
포기했어."

**1973년**

다시 제본 사업 시작. 1차 석유
파동 겪으며 빚더미.

**1974년**

빚 해결하고 영어 헌책 장사로
재기. 미군부대서 헌책 수집해
대형서점에 납품하는 중간상인
하며 생계 유지.
김영자씨와 6개월 열애 끝에 결
혼. 단칸 사글세방에서 신혼생

가 많이 사갔다. "내가 앙드레 김한테도 미국 백화점 카탈로그를 팔았다니까."

최씨가 노점을 시작한 67년은 한국이 제 2차 경제개발계획에 착수한 해다. 67~71년 연평균 9.7% 고성장을 이어갔다. 경제에 활력이 붙었고, 수출은 늘었다. 제품은 만들어야겠는데 참고할 견본이 없어 아우성이었는데 최씨같은 헌책 상인들이 숨통을 틔워준 셈이다. "나도 이 나라 경제에 큰 몫을 한 거 아니겠어?"

### 『러브스토리』, 성공과 좌절

미국 백화점 카탈로그가 잘 팔리자 아예 제본 사업에 뛰어들었다. 여러 백화점 카탈로그를 모아다 의류·구두·전자제품·귀금속 부분을 따로 분리해 각각 제본했다. 불티나게 팔렸다. 70년대 초 에릭 시갈의 『러브스토리』가 전세계적 히트를 치자 그는 원서 복사본을 만들어 팔았다. "그때 자장면이 150원 정도였어. 『러브스토리』 한권을 700원에 팔았으니 꽤 비싸게 판 거지. 그래도 늘 책이 부족할 정도로 정말 잘 팔렸어."

당시에도 저작권법이 있긴 했지만 적용은 느슨했다. 외국인 저작물에 대해선 특별한 규정이 없었다. "그때를 생각하면 우리나라가 모든 것이 참 허술했어. 먹고 사는 문제가 급했지. 지금 참 많이 발전한 거야."

돈을 많이 벌었다. "당시 돈으로 하루에 2만 원씩 예금했어. 직장인 몇 배를 벌었지. 그런데 그게 화근이었어. 분에 넘치는 돈을 만지니까 헛생각이 든 거야."

주머니는 두둑해졌지만 마음은 허전했다. 어머니가 암으로 돌아가신 후 얼마 안되어 아버지도 뇌출혈로 돌아가셨다. "어디다 마음을 둬야 할지 모르겠더라고. 우연히 친구 따

활, 이태원에 영어 헌책방 열어.

1975년
첫째 딸 미라씨 출산. 둘째 딸 미림씨는 77년, 셋째 딸 미화씨는 82년 출산.

1976년
이태원 인근에서 네 차례 옮긴 끝에 지금의 녹사평역 앞 2층 건물로 이사.

무역 흑자 전환과 3저 호황 (1986~89년)
"80년대 후반에 경제가 좋았어. 전자제품 카탈로그를 많이 찾더라고. 그 때 일본 전자제품 소개서가 들어오기 시작했는데 인기가 많았어."

1986년
첫 무역 흑자 기록 46억 2,000만 달러.

1989년
3저 호황약달러, 저유가, 저금리으로 4년 연속 무역 흑자 기록.

2000년대. 조기 영어교육 열풍
"애들 읽을 만한 영어 책 구하려는 엄마가 부쩍 늘었어. 영어교육 책도 잘 나갔고, 해리포터 · 스타워즈 같은 애들이 좋아하는 책이 많이 팔렸어."

2006년
초 · 중 · 고 조기유학생 2만 9,511명으로 정점 찍어.

2007년
미국 온라인 서점 아마존이 전자책 단말기 '킨들' 선보여.

2009년
스마트폰인 아이폰 출시.

라 슬롯머신 가게에 갔다가 빠진 거야."

모았던 돈을 모두 탕진했다. 그러다 정신 차리고 제본 사업에 다시 뛰어들었다. 그런데 불운하게도 1차 석유파동1973~74년이 왔다. 물가는 하루가 다르게 뛰었고, 책 만들기 위해 들어가는 돈이 눈덩이처럼 불었다. 결국 빚더미에 올라앉았다. "빚쟁이 피해 한 달 정도 서울역에서 노숙도 했어. 결국 제본 중이던 책을 인쇄업자한테 전부 넘기는 조건으로 빚을 탕감했어. 사업을 포기한 거지."

일순간 인생이 휘청였다. 고성장을 지속하던 한국경제가 석유파동에 휘청했던 것처럼 말이다. 처음부터 다시 시작해야 했다. "별걸 다 해봤어. 서울 지하철 1호선 공사에 잡부로도 일했어. 다시 몸으로 뛰는 수밖에." 마음을 다잡았다. 미군부대를 돌며 헌책 수집을 다시 시작했다.

**내 가게, 내 딸…가장 행복한 순간**

가진 것이라곤 몸뚱어리 하나였다. 그때 지금의 부인 김영자씨를 만났다. 우연히 들른 한 양품점에서 김씨를 만났다. "정말 고왔어. 한 눈에 반했지."

하지만 김씨의 언니는 경제력이 없던 최씨를 달가워하지

않았다. 처형 몰래 데이트를 했다. "서로 좋아 죽는다는데 어떡하겠어. 결국 허락했지."

74년 봄, 만난 지 6개월 만에 결혼식을 올렸다. 헌책 장사로 인연이 닿았던 종로서적 장하구 사장이 주례를 섰다. "그때 종로서적이 제일 큰 서점이었어. 종로서적에서 책 한권 안 사본 대학생이 없을 정도였으니까."

사정이 어려워 신혼여행도 온양 온천에서 하루 지내는 걸로 대신했다. 그리고 이태원에 단칸 사글세방 얻어 결혼 생활을 시작했다. "연탄아궁이 부엌에 방 하나 달린 단칸 방이었어. 아침 해뜨기 전 가방 속에 책 묶음 끈 담아 나갔다가 밤에 들어올 때는 그날 번 돈을 넣어와서 그대로 집사람에게 맡겼어." 그렇게 돈을 모아 1년 만에 이태원에 영어 헌책방을 차렸다. 그리고 75년 첫 딸 미라가 태어났다. "내 인생에서 최고로 행복한 순간이었어."

최씨는 그렇게 아버지가 됐다. 악착같이 아끼고 모았다. 첫 사글세방에서 네 번 이사하면서 2년 만에 지금의 녹사평역 앞자리로 왔다. "지금은 번듯한 2층 건물이지

**스마트폰 보급, 서점의 몰락**

"90년대가 그래도 책이 가장 잘 팔렸어. 점점 줄더니 스마트폰 나오고는 사람들이 책을 안 사. 서점 다 어렵잖아. 외국손님은 그래도 꾸준히 있는데 한국 손님은 정말 많이 줄었어. 요새 한국 손님은 대형서점에서도 못 찾는 절판된 책이나 희귀본 찾는 매니아가 많아."

2012년
전국 서점 수 1752개로 급감 1994년 5,683개.

2014년
이태원에서 41년째 영어 헌책방 운영.

만 원래는 하꼬방쪽방이었어. 여기 2층도 내가 다 인부 사서 직접 지어 올린거야. 여기 책장도 다 내가 손수 만들었고."

### 남재희, 그리고 영어책 10만 권

최씨의 포린북스토어에는 출간 100년이 훌쩍 넘은 책도 수두룩하다. 이 책들이 그의 삶도 고스란히 보여준다. "여기서 딸 셋 다 키워서 둘은 대학원까지 보냈어. 여기가 내 삶이고 내 전부야." 40년 세월 동안 그의 손때 묻은 수많은 책만큼이나 많은 사람들이 가게를 찾았다. 남재희 전 노동부 장관, 이팔호 전 경찰청장, 도올 김용옥 교수 등이 단골손님이었다.

그는 따로 영어를 공부하지 않았다. 책 제목 보고 대략 무슨 책인지 알뿐 상세한 내용도 모른다. "단골 중엔 대학총장, 교수도 많아.

사진 윗쪽이 최기웅 씨 부부. 아래 왼쪽부터 둘째 딸 미림, 셋째 딸 미화, 첫째 딸 미라.

아무리 그래도 이 가게 안에선 내가 최고야. 그런 높은 분도 좋은 책 들어오면 연락 달라고 나한테 부탁하고 그랬으니까."

그는 유독 한 아이가 기억에 남는다고 했다. "한 30년 전 일이지 아마. 부잣집 중학생 아들이었는데 영어공부 어떻게 하냐고 묻더라고. 그래서 〈플레이보이〉를 줬어. 부모님 몰래 보라고. 이 녀석이 거기에 뭐라고 써 있나 궁금했던 거야. 영영사전 찾으면서 공부하더니 서울대에 붙고 옥스포드로 유학 갔더라고. 무역업으로 성공한 뒤 나를 찾아와서는 '선생님, 그때 고마웠습니다'라면서 나를 꼭 끌어안고는 돌아갔어."

책과 함께 산 47년. 그에게 어떤 의미일까. "글쎄…, 나한텐 인생 전부지. 가정을 이뤘고 딸 셋을 잘 키웠으니. 그리고 나에게 책은 물론 책 사러오는 사람 모두 스승이야. 책을 정말 좋아하는 사람은 자기 책 안 팔아. 그냥 기증하고 가. 좋은 주인 찾아달라고. 그런 손님 만날 때마다 겸손해질 수밖에 없어." 그래서 그는 돈 없어 보이는 학생이 오면 그냥 가져가라고 할 때도 많단다.

그가 지난해 말부터 시작한 일이 하나 있다. 외국인 손님이 오면 통일한국과 독도가 그려진 수건을 선물로 주는 것이다. "이 나라 덕을 보며 살았으니까. 내가 할 수 있는 일이 없을까 고민했어. 수건은 여행할 때 꼭 챙겨가잖아. 내가 만든 수건이 여러 곳을 돌아다니겠지. 그러면 자연스럽게 독도가 우리 땅이라는 사실도 알릴 수 있을 거야." 그렇게 나눠준 수건이 벌써 900개를 넘었다. "욕심 없어. 그저 몸 움직일 수 있을 때까진 책 팔아야지. 이 책들은 다 쓸모가 있고 주인이 따로 있어."

# 전국체전 같았던 70년대 초등교육…
# "대통령기 쟁탈전도 있었죠"

　　심옥령 청라달튼외국인학교 초등학교장은 42년째 교직생활을 하고 있다. 한 분야를 40년 넘게 지키는 것도 흔한 일은 아니지만 그의 이력은 사실 조금 더 특이하다. 공립학교와 사립학교, 외국인학교까지 두루 경험했기 때문이다. 그래서 그는 그 또래들 머릿속에 각인된 한국의 산업화·민주화·세계화 시대에 대한 기억보다 주입식 교육의 몰락과 영어몰입교육의 시작, 외국인학교 열기가 시대별로 먼저 떠오른다. 심 교장이 겪은 학교

현장의 변화. 거기에 우리 공교육의 지난 역사가
고스란히 담겨 있었다.

### 예비고사에 떨어지고 교사 되다

초등 교사를 천직으로 알고 살아왔지만,
사실 심 교장이 교직에 몸담은 계기는 지금
돌이켜봐도 별로 유쾌하지 않다.

"고3 때인 1968년 대학입학 예비고사에서
떨어졌어요. 그때는 지금처럼 전국 고3이 동
시에 수능을 치르는 게 아니라, 예비고사 합
격생만 각 대학별 본고사를 볼 수 있었거든
요. 예비고사 성적 없이 갈 수 있는 강릉교대
를 택했죠."

심 교장은 명문 강릉여고 출신이다. 수재
가 즐비한 틈에서도 늘 수석을 다투던 터라
예비고사 낙방은 전혀 예상치 못했다. 심 교
장은 "너무 충격을 받아 석 달을 집에만 틀어
박혀 있었다"며 "돌이켜보면 교사라는 천직
을 찾아가기 위한 운명이었나 보다"고 했다.

강릉교대는 78년 졸업생 배출을 마지막으
로 사라졌다. 심 교장은 이 학교 1기인 69학
번이다.

"당시 국민학교<sup>현</sup> 초등학교 교사가 부족해 전

**1882년**
조선교구 6대장인 선교사 펠릭
스 클레어 리델이 인현서당<sup>현 계</sup>
성초 설립.

**1892년**
미국 선교사 마거릿 벤젤존슨 부
인, 국내 최초 사립학교 영화학
당<sup>현 인천 영화초</sup> 설립.

**1894년**
갑오개혁으로 근대교육제도 기
틀 마련.
국내 최초 관립 소학교인 관립
교동소학교<sup>현 서울교동초</sup> 개교.

**1895년**
초등교육 기관에 대한 학제와
시행령을 담은 소학교령 공포.
대한제국 학부편집국, 『국민소
학독본』『소학독본』 등 국내 최
초 근대 국정교과서 발행.
국내 최초 교원양성학교인 한성
사범학교 설립.

**1899년**
서울에 소학교 21개<sup>관립은 10개</sup>,
지방에 소학교 600여 개로 확
대.

**1906년**
보통학교령 공포, 5~6년이던
교육과정을 4년으로 단축하고
소학교를 보통학교로 변경.

국적으로 2년제 교대가 우후죽순 생겨나던 시절이에요. 그런데 또 이번엔 졸업생이 쏟아지며 교사 발령 대기자가 늘어나니 10년도 안 되어 학교 문을 닫은 거죠."

## 여자 교사 드물던 시절

전국 어느 국민학교나 매한가지로 72년 심 교장이 처음 부임한 강릉국민학교이하 강릉초에도 학생이 넘쳐났다. "한 학년에 보통 8개 반, 한반 학생 50~60명은 기본이죠. 오전 오후반으로 나눠 2부제 수업을 하는 곳도 많았고요. 강릉초는 2부제는 안했지만요."

지금 초등학교에선 여초女超현상이 두드러져 남자 교사 찾기가 어려울 지경이지만 당시엔 남자 교사가 훨씬 많았다. 한 학년 8개 반 가운데 여자 담임은 많아야 2명을 넘지 않았다. 특히 고학년은 남자 교사에게만 맡겼다. 이렇게 많은 학생을 한데 모아 가르쳐야 하니 당연히 일방적인 주입식 교육이 될 수밖에 없었다.

"그때는 아이들 조용히 시키고 똑바로 앉혀서 칠판만 쳐다보게 하는 게 이상적 교사의 역할이었어요. 아이들이 꼼짝 못하는 선생님일수록 실력 있다는 평가를 받았으니까요. 체벌도 많았죠."

당시엔 도 단위, 전국 단위 경시대회가 많았다. 심 교장도 강릉초에 부임하자마자 '자유교양경시대회'의 준비를 맡았다. 초4~5학년이 문교부현 교육부 지정 도서를 읽고 문제를 푸는 대회로, 한 학교에서 학년별로 대표 학생 5명을 선발해 지역 예선을 거쳐 전국 대회를 한다. 입상자 많은 시·도에는 대통령 기旗를 주는데, 매년 가장 입상자를 많이 낸 학교가 대통령기를 빼앗아 오는 쟁탈전 형식이라 개별

영훈초 교감시절 받은 스승의 날 엽서. 아이가 만든 카네이션 종이접기를 붙이고 감사인사를 전한 한 학부모의 정성이 담겨있다.

학교는 물론 시·도가 자존심 대결을 펼쳤다. "신입 교사가 이런 큰 대회 준비를 맡았으니 얼마나 부담이 됐겠어요. 지금이야 학생 개개인이 경시대회 준비를 학원에서 한다지만 그땐 다들 교사만 바라봤죠."

다행히 지역 예선을 통과해 전국 대회 입상을 해 청와대 견학까지 갔다.

교사 3년차 때엔 '강원도내 국민학교 6학년 학력고사' 응시생을 전담해 가르치기도 했다. 학교별 대표를 뽑아 시험 보고 순위를 매기는 대회였다. "원래 중학교 입시를 보다가 69년에 시험을 폐지했잖아요. 시험이 없으니 학력 저하를 우려한 거죠. 그래서 그 해부터 전국 6학년을 대상으로 한 학력고사가 생겼어요."

강원도에서는 이 점수를 높이기 위해 도 단위 대회를 만든 거다. 다행히 이때도 결과가 좋았다. "우리 학교에서 10명이 출전했는데 8명이 10등 안에 들었어요." 신임 교사 시절

1909년
국내 최초의 외국인학교인 한국한성화교소학교[현 서울 명동2가 개교.

1910년
한일합병조약으로 일제에 의해 국권 찬탈.
조선총독부, 조선교육령 공포 후 주당 10시간 이상 일본어 교육 등 식민화 교육 실시.

1938년
제 3차 조선교육령 공포, 보통학교를 다시 소학교로 변경하고 6년제로 학제 바꿈, 국어교육 금지.

1940년
관립 소학교 12개, 공립 소학교 520개, 사립 소학교 134개에서 16만 4659명 재학.

1941년
국민학교령 공포. 소학교를 국민학교로 변경.

1945년
광복 후 국민학교에서 일어·일본사 과목 폐지하고 국어·국사 교육 시작.

1946년
군정청, 일부 지역서 국민학교 의무교육 실시.

1948년
대한민국 정부 수립, 헌법에 모든 국민의 교육권 명시.
서울 소재 국민학교, 다부제 수업 실시.

1949년
교육법 공포, 국민학교 의무교육 확대.

연이은 성과 덕에 문교부 장관상을 받았다.

### 교육경영자, 영훈초를 흔들다

강원도에서의 교사 생활은 6년 만에 마무리됐다. "78년 롯데그룹 다니던 남편하고 결혼하고 서울 왔어요. 강원도 사람이 서울 오면 거의 동대문구 전농동, 이문동 근처에 살았거든요. 우리 부부도 그쪽 동네에 자리 잡았죠."

아이 낳고 1년은 살림만 했다. 79년 2월 어느 날 영훈국민학교(이하 영훈초)에서 전화가 왔다. "영훈초 교감의 지인이 교사인 우리 고모랑 아는 사이였나 봐요. '이력서 한번 갖고 오라'고 연락한 거죠."

영훈초는 그가 강원도에서 겪은 학교와는 많이 달랐다. "면접을 마치고 교장 선생님이랑 학교를 한바퀴 도는데 학교가 크고 시설도 정말 좋은 거예요. '여기서 잘 해내고 싶다'는 승부욕이 마음속에서 불끈 솟더라고요."

지금이야 명문 사립학교로 명성이 높지만 당시 영훈초는 경복·리라·은석·계성·경기초에 비해 인기가 덜 했다. "리라·계성·경기초 학부모 중엔 정재계 고위 인사가 쫙 포진해 있었지만 영훈초엔 교수 자녀가 많았어요. 국민대 등이 있는 정릉과 가까워서 그랬나 싶어요. 어쨌거나 대단한 학교는 아니었어요."

하지만 84년 설립자 김영훈 이사장 며

2003년 종업식 날 담임을 맡았던 반의 학부모들이 손수 만든 카드를 책으로 엮어 선물해줬다.

느리인 박성방 교장이 부임하면서 달라지기 시작했다. "미국 유학파인데 교육자라기보다는 교육경영자였어요. 박 선생님이 오신 뒤부터 영훈초 교실은 실험실이라도 된 듯 매일 새로운 교수법을 적용했어요."

### 부정당한 주입식 교육?

그렇게 해서 나온 첫번째 변신은 '열린 교육'이었다. 박 교장은 심 교장을 포함해 교사 6명을 골라 1학년을 맡긴 뒤 주입식 수업 대신 학생과 소통하라고 주문했다. "교실을 한 칸 반씩 쓰게 했어요. 반 정원은 45명에서 20명으로 줄였고요. 교실에 들어가면 너무 휑하다 싶을 정도로 넓었죠." 문제는 열린 교육에 대한 구체적인 방침이 없었다는 거였다.

"박성방 선생님이랑 다른 교사, 학부모까지 불러놓고 거의 매주 공개 수업을 했어요. 내가 봤을 땐 백점이 아니라 만점짜리 수업이었어요. 애들이 모든 질문에 손 번쩍 들어 발표 또박또박 하고. 다른 반보다 한 시간 먼저 등교해서 연습했으니 완벽하게 해낸 거죠."

하지만 박 교장은 "이건 연극이지 수업이 아니다"며 불만스러워했다. "소위 '멘붕'에 빠

**1950년**
현재의 초--중--고--대의 6-3-3-4 학제로 개정.
6·25 발발로 각급 학교 휴교.

**1952년**
부산 부민관에서 최초의 피난민 국민학생 졸업식 열려.
전쟁 중 국민학교 유지 위해 국방부는 전국 국민학교 교원 2만 5,000명에 대한 징집 보류.

**1953년**
휴전.

**1959년**
국민학교 의무교육 확대. 취학률 96% 넘어.

**1960년 대**
서울 리라초 등 사립 33곳 무더기로 개교.

**1961년**
3월 1일을 학년초로 규정하는 학기제 시행.

**1966년**
국민학교 1~3학년 전원, 4~6학년 극빈층에 교과서 무상 공급.

**1968년**
문교부, 입시 과열 막고 국민학교 교육 정상화 위해 중학입시 폐지 발표.

졌어요. 내가 아는 수업은 이게 전부인데 갑자기 그 모든 걸 부인당한 거 같았어요."

심 교장뿐 아니라 교사 대다수가 '열린 교육'을 이해하지 못했다. "그때 영훈초는 전국 경시대회란 경시대회는 전부 싹쓸이했어요. 다른 사립초가 귀족학교를 표방했다면 영훈초는 처음부터 엘리트학교를 지향했어요. 수학·과학 경시대회 1등은 당연하고, 1~10등까지 영훈초로 줄을 세워야 속이 시원한 그런 교사들이 다니던 학교였어요." 그러니 교내시험도 잦았다. 매달 전 과목 시험을 보고 교무실 벽에 반별 평균과 순위를 죽 붙여 놓았다. 교사 간 경쟁이 심했지만 실력에 대한 자부심도 컸다. 그러니 "다 바꾸라"는 요구를 더 받아들이기 힘들었던 거다.

열린 교육 지침 1년 만에 영훈초의 부장급 교사 6명이 사표 쓰고 나갔다. "다들 자존심에 용납이 안됐던 거죠. 스파르타식으로 수업해서 아이들 점수 쭉 끌어올리는 게 교육이고 교사 실력이라 생각했는데, 아이들 눈높이에 수업을 맞추는 열린 교육이

1980~90년대엔 직접 촬영한 필름 슬라이드를 수업 참고 자료로 활용했다.

대체 왜 필요하냐는 생각이었어요."

남은 1학년 교사들은 다양한 변화를 시도했다. 책걸상을 다 밀쳐 놓고 바닥에서 아이들과 뒹굴면서 가르쳐도 보고, 학생 한명 한명과 대화하는 방식으로 수업을 진행하기도 했다. "수업을 하면서도 계속 안개 속을 헤매는 느낌이었어요."

영훈초에선 좌충우돌이라고만 생각했지만 한국 교육학계에서는

그 시도에 의미를 두고 연구를 시작했다. "박성방 선생님이 진짜 사업가인 게, 교육학 교수가 참관 요청을 하면 다 허락했어요. 그 교수들이 우리 수업을 관찰한 후 논문 써서 학계에 보고하고, 새 교수법을 고안해 제안하기도 했어요. 우리끼리 헤매는 것보다 훨씬 쉽게 해결이 된 셈이죠."

## 영어 몰입교육의 시작

영훈초는 91년 국내 최초로 영어 몰입교육을 시작했다. 심 교장은 "박성방 선생님이 일본 후지산 밑에 있는 사립 가또초등학교가 영어 몰입교육 하는 걸 보고 벤치마킹한 것"이라 설명했다.

1학년은 6개 반인데 이중 4개는 일반반, 2개는 영어 몰입반으로 모집했다. 영어 몰입반엔 원어민 교사 1명과 한국인 교사 1명이 팀티칭을 하게 했다. "2년이 지나니까 영어 몰입반으로만 몰리더라고요. 아예 일반반을 없애고 영어 몰입반으로 채웠죠."

때마침 해외여행자유화1989년와 김영삼 정부의 세계화 바람에 영어에 대한 사회적 관심이 높았다. 90년 최고의 베스트셀러는 대우

**1969년**
서울 중학교 첫 무시험 추첨 실시.

**1977년**
국민학교 전 학년에 교과서 무상지급.

학급당 인원수 평균 74.4명, 과밀학급 해소 위해 1∼3학년 다부제수업 확대.

**1982년**
서울·부산 일부 국민학교에서 주 5일제 수업 시범 실시.

**1984년**
문교부, 국민학교 주 5일 전면 백지화.

초등교사 양성기관인 교육대학이 2년제에서 4년제로 전환 완료.

**1985년**
사립국민학교 납입금 자율화.

**1992년**
국민학교·중학교에 컴퓨터 보급하며 컴퓨터 교육 실시.

**1995년**
일제 잔재 청산 차원에서 국민학교를 초등학교로 변경, 96학년도부터 시행.

**1996년**
서울 이화여대 부속초등학교에서 초등 주 5일제 시범 실시.

초등 육성회비 폐지, 완전 무상 의무교육.

김우중 회장의 『세계는 넓고 할 일은 많다』였다. 영훈초의 영어 몰입 교육이 자녀를 세계인으로 키우고픈 학부모 마음을 흔들었다.

하지만 정작 심 교장은 처음엔 초등 영어 교육에 반감을 가졌다. "그런데 놀라운 변화가 보이는 거예요. 영어를 배우면서 아이들 사고방식이 엄청나게 유연해졌어요. 지금도 영훈초 졸업생이 다른 아이들보다 영어 실력이 더 뛰어날 거란 기대는 안해요. 대신 논리적이고 합리적인 서양식 사고방식을 초등 시절 체화한 게 가장 큰 소득이라고 봐요."

심 교장이 영훈초 재직 당시 독서 장려 차원에서 만든 메달. 1년에 100권 읽은 아이에게는 금메달, 50권은 은메달, 30권은 동메달을 줬다.

### 촌지의 추억

사립학교지만 대기업 오너 자제만이 아니라 형편 어려운 학생도 적지 않다. 그래서 학기초엔 담임교사에게 가정방문을 꼭 하게 했다. "제각각인 학생 형편을 교사가 알고 있어야 한다고 생각했기 때문"이다.

하지만 문제가 있었다. 지금은 많이 없어졌다지만 80~90년대까지만 해도 가정방문 온 교사에게 촌지 쥐어주는 게 관행이었다. 심 교장은 "교사로서 모멸감을 느꼈다"고 했다. "내가 집집마다 구걸하러 다니는 거지인가, 나도 월급 받는데 왜 촌지를 받아야 하나 매일 고민했다.”

그러나 대다수 교사가 촌지를 받는 상황에서 혼자 거부하기도 쉽지 않았다. 선배 교사들이 “심 선생만 안 받으면 교무실 분위기가 이상해진다”며 타박 아닌 타박을 했고, 촌지 내밀다 거절당한 학부모는 “액수가 적어서 안 받았다”는 소문을 내기도 했다.

심 교장은 스스로 교사 경력이 딱 10년째 되는 해인 82년을 촌지 거부를 위한 디데이D-Day를 정했다. 그리고 모든 촌지를 거절했다. “홀가분하고 뿌듯했죠. 아이들 보기도 떳떳하고요.”

영훈초가 인기를 얻으면서 삼성이나 롯데·SK·신세계 등 대기업 오너 자녀들이 줄줄이 들어왔다.

심 교장은 “아이들 사립학교 보내는 부자들 손가락질하는 분위기가 너무 안타까워요. 특히 재벌일수록 어린 시절

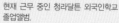

현재 근무 중인 청라달튼 외국인학교 졸업앨범.

**1997년**
서울 초·중·고교에 수행평가 도입.
서울 초교 학급당 평균 인원수 37.3명, 다부제 수업은 서울선 4곳만 운영.
초등 영어교육 시작.

**2000년**
영재교육진흥법 제정, 영재교육 기틀 마련.

**2002년**
전자교과서 개발 및 보급 논란.

**2006년**
초·중·고 조기유학생 2만 9,511명으로 정점.
전국 초·중·고, 방과 후 학교 시작.

**2009년**
학교알리미 통해 초·중·고 정보 공개.
외국인학교 내국인 입학 자격 완화해외 5년 이상 거주→3년 이상 거주.

**2010년**
송도채드윅 국제학교 개교.

**2011년**
NLCS 제주 국제학교, KIS제주 개교.

**2012년**
브랭섬홀제주 국제학교 개교.
전국 초·중·고, 주 5일제 수업 실시.

**2013년**
영훈·대원초 등 사립초 영어몰입교육 금지 논란.

한국에서 교육받아야 하는 거 아닌가요. 그리고 부모가 재벌이지 애들은 그냥 보통 학생이잖아요. 그런데 아이들이 보호받기는커녕 오히려 역차별로 피해보는 거 같아 마음이 아플 때가 많았죠."

심 교장은 현재 인천에 있는 청라달튼외국인학교 초등학교 교장이다. "이곳에 와보니 미처 못봤던 한국 교육이 보인다"고 했다.

"교육의 궁극적인 목표는 '바른 인성을 갖춘 인간'을 길러내는 거잖아요. 외국 학부모는 이걸 알고 실천해요. 한국 부모와 교사는 머리로는 알지만 실천은 못하는 거 같아요. 인성은 외면하고 지적인 부분만 강조하잖아요. 인성과 지성으로 고루 무장한 인재가 무너지지

않아요. 우리 아이들을 이렇게 길러내려면 뭘 어떻게 해야 할까요. 교직생활 40년이 넘었는데 아직도 숙제가 남았네요."

2014년
전국 초등학교 5,900여 개교
278만 4,000여 명, 외국인학교 51
개교, 외국인교육기관 2개교송
도 채드윅 국제학교 · 대구국제학교,
제주 국제학교 3개교NLCS제주 ·
브랭섬홀 · 한국국제학교 운영 중.

# 대통령 바뀔 때마다
# 울고 웃은 게 이발사요

　　서울 만리동 시장 뒷골목에 들어서면 '성우이용원'이란 낡은 간판을 단 판잣집이 하나 나온다. 1927년 문을 연 후 3대째 이어오고 있는 한국 최고(最古) 이발소다. 4평(13.2㎡) 남짓 이 좁은 공간에서 외할아버지 서재덕(생몰연대 미상)과 아버지 이성순(1915~84)을 거쳐 이남열씨가 3대째 성우이용원을 지키고 있다. 그가 이 업에 처음 발을 디딘 지 벌써 54년이나 됐지만 성우이용원엔 그보다 더 오래 손님을 받은 낡은 물건이 적지 않다.

이씨가 반세기 넘게 시장통 좁은 이발소 안에서 목격한 한국은 어떤 모습일까.

성우이용원 입구에 있는 가격 판에는 '이발'이라는 요즘 단어 대신 조발調髮 · 머리털을 깎아 다듬다이라고 적혀 있다. 그래서인지 가격 판만 슬쩍 봤을 뿐인데도 마치 한 세기 전으로 되돌아간 기분이다. 이씨는 "요즘 유명 프랜차이즈 미장원에선 손가락으로 머리를 꾹꾹 눌러주고 간식도 챙겨준다는데 우리는 이런 옛 느낌이라도 줘야 하지 않겠느냐"고 했다.

하지만 가격판에서 굳이 일부러 이런 분위기를 낼 필요도 없다. 이곳의 모든 게 다 옛 것이기 때문이다. 그가 1966년에 무려 1,200원당시 짜장면 한 그릇에 50원 주고 산 독일제 골동 면도칼은 이제 138년 됐고, 바리깡은 50여 년, 심지어 드라이어조차 20년 넘었다. 그의 아버지가 미장일 하던 친구에게 부탁해 벽돌 쌓아 만든 세면대도 54년 동안 손님을 받아왔다.

반짝반짝하는 새 것만 좋아하는 요즘 사람들이

## 이남열의 역사

**1927년**
이남열 씨 외할아버지인 서재덕 씨, 성우이용원 개원.

**1949년**
만리동에서 5남 2녀의 다섯째로 태어나.

**1962년**
중2에 용돈 벌기 위해 성우이용원에서 일하기 시작.

**1971년**
양택식 신임 서울시장 부임하며 1년간 못 받았던 '이발사' 자격증 취득.

**1987년**
아내 이욕연씨와 결혼, 외동아들 이동철씨 출산.

**2015년**
만리동에서 88년째 이발소 운영.

## 한국이발의 역사

**1895년**
고종, '성년 남자는 상투 자르라'는 단발령 공포.

**1901년**
국내 최초 이발관 '동흥 이발소' 인사동에서 개업.

**1902년**
단발 거부한 관료 · 백성을 강제 삭발한 군수삭발령 공포.

이런 낡은 이발소를 찾을까. 이씨는 "꾸준히 하루에 10명은 온다"고
했다. 조발 1만 원에 세발샴푸 3,000원, 드라이 5,000원. 거기에 면도
9,000원까지 '풀 세트'로 다 해도 2만 7,000원이다. '블루클럽' 등 저
가의 남성 헤어컷 프랜차이즈보다는 비싸지만 웬만하면 바리깡 없이
가위와 칼, 빗만으로 정성껏 손질해서인지 1만~2만 원 더 얹어주는
손님도 적지 않다고 한다.

### 인민군 머리 깎았던 아버지

한국 나이와 서양식 만 나이. 한국사람은 누구나 이렇게 나이가 둘
있다. 마흔 넘은 한국 남자 중엔 하나 더 있는 경우도 허다하다. 바로
호적상 나이다. 형·아우 따질 때면 등장하는 이 호적 나이에는 대개
"할아버지가 1년 늦게 출생 신고 하는 바람에…"라는 정형화된 설명
이 따라 붙는다. 어떤 이에겐 그저 나이 한살 더 올려보려는 얄팍한
수단이겠지만 대부분은 진실이다. 이씨 역시 그랬다. 태어난 지 몇
개월 만에 장티푸스에 걸리자 부모님은 '곧 죽을지 모른다'며 신고를
미뤘고, 1년 뒤인 6·25 전쟁 통에야 겨우 출생 신고를 했다.

인민군이 밀고 내려오자 많은 서울 사람들이 남쪽으로 피란 갔다.
전쟁 전 일제 강점기 시절 화물차에 치여 한쪽 다리를 절게 돼 움직
이기 불편한 탓도 있었지만 그보다 그의 아버지는 "죽어도 고향에서
죽겠다"며 만리동에 남았다고 한다. '혹시 인민군이 잡아가면 어쩌
나'싶어 불안했는데 인민군은 '병사 머리를 깎으면 먹고 살게 해주겠
다'고 했단다. 그렇게 아버지가 인민군 머리를 깎아 받은 쌀로 다섯
남매이후 동생 둘이 더 태어남가 먹고 살 수 있었다. 이씨는 "그때는 인민

성우이용원의 54년 된 세면대.

1950년
한국전쟁 발발1950년 6월 25일
~1953년 7월 27일.

1961년
5·16 후 박정희, 국가재건최고
회의 의장 맡으며 정권 잡아.

1973년
경범죄 처벌법 개정으로 장발
단속.

군으로 갔다가 국군으로 제대하기도 했던 시
절"이라며 "북에서 온 인민군보다 원래 서울
살던 완장 찬 '빨갱이'들이 온갖 꼬투리를 잡
아 아버지를 해코지하려고 했다는 말을 나중
에 들었다"고 했다.

### 중2에 시작한 이발

이씨가 아버지 이발소에서 처음 일한 건
중학교 2학년이던 62년이다. 당시 부모님은
물론 7남매가 모두 이용원에 붙은 6평19.8m²
단칸방에서 살았다. 그렇다보니 자연스럽게
아버지 일 하는 걸 보게 됐고, 어느 날 "일 도
와주면 용돈 주겠다"는 말에 귀가 솔깃해 손
님 머리감기는 일부터 시작했다. 일당은 50

1980년대
퇴폐 이발소 등장.
미용업 활성화, 이용업 몰락.

1980년
전두환 대통령 취임.

1981년
박준 미용타운현 박준 뷰티랩 생
겨.

1982년
두발 자율화.

1989년
경범죄 처벌법에서 '장발 단속'
삭제.

원<sub>당시 막국수 세 그릇 가격</sub>. 생애 처음 번 돈이었다.

"내가 5남 2녀 중 다섯째인데, 다들 가업 잇는 데 관심이 없었지. 그러다보니 키 160cm에 몸무게 40kg도 안 나가던 내가 가위를 들게 된 거야. 생긴 것 마냥 비실비실 힘이 없으니 '피죽도 못 먹었느냐'는 등 손님들한테 별별 소리를 다 들었어."

왜소한 체격은 그의 가족에겐 축복이었다. 너무 말라 군대에 가지 않아도 됐고, 대신 그가 열심히 번 덕분에 동생들은 물론 누나까지 시집 장가 보낼 수 있었기 때문이다.

하지만 그는 가업을 잇기로 하면서 고등학교 진학을 포기했다. 대신 이발협회의 <sub>이발</sub>보조사 자격을 따 아버지를 도왔다. 처음 4~5년은 가위·면도날 갈기 등 기본기를 튼튼히 쌓았다.

**정권 따라 부침 겪다**

성우이용원 뿐 아니라 이용업이 활황을 띤 건 두발 단속을 했던 60년대다. 박정희 정권 들어 "미풍양속을 해친다"는 이유로 남자는 머리 길이, 여자는 치마 길이를 자로 재던 시절이다. 장발은 운전면허

이남열 씨가 소장하고 있는
138년 된 독일제 면도칼.

도 딸 수 없었다. 그러다 73년 경범죄 처벌법 개정으로 본격적인 '장발 단속'이 시작됐다. 남자라면 누구나 머리를 짧게 깎아야 했기에 이용실에 손님이 몰릴 수밖에 없었다.

이씨는 "조수 2~3명 데리고 일할 정도로 일손이 모자랐다"고 떠올렸다.

그는 70년 이발사 면허 시험에 통과했다. 하지만 정식 자격증은 그 다음 해에야 받을 수 있었다. 그해 4월 발생한 창전동 와우아파트 붕괴 사건 때문에 당시 김현옥 서울시장이 사퇴하며 시청 업무 일부가 마비된 탓이다. 그는 "간절히 바라던 자격증 발급이 미뤄져 마음이 한없이 쓰라렸다"고 했다. 이듬해 양택식 경북지사가 신임 서울시장으로 부임하며 비로소 자격증을 받을 수 있었다. 아버지는 이씨가 자격을 딴 지 약 3년 만에 가위를 내려놓고 은퇴했다. 74년 일이다.

잘 나가던 이용원에 위기가 닥친 건 80년 전두환 정권 때다. 남성들이 이발소가 아닌 미장원을 찾기 시작하면서부터다. 때마침 세계 음악시장을 주름잡던 영국 '비틀스'의 머쉬룸(버섯 모양) 헤어스타일이 국내에 유행하면서 너도 나도 장발을 했다. 엎친 데 덮친 격으로

**1998년**
저가 남성 헤어컷 프랜차이즈 '블루클럽' 생겨.

**2000년**
법무부, 교도소 제소자 두발 제한 폐지.

**2010년**
김상곤 전 경기도교육감, 두발 자율화 담긴 학생인권조례 공포 및 시행.

## 신체발부 수지부모
(身體髮膚 受之父母).

머리카락까지 모두 부모로부터 물려받았다는 이 말은 몸을 소중히 하는 게 효도의 시작이라는 『효경』에 실린 공자의 가르침이다. 이처럼 머리카락 한 터럭조차 몸의 일부로 여겼기에 유교가 생활 속에 뿌리깊게 자리 잡았던 조선시대엔 이를 함부로 자른다는 건 상상할 수도 없었다. 상투는 일종의 효의 상징이었기 때문이다.

하지만 나라의 운명이 백척간두에 선 조선 말기 일대 사건이 벌어졌다. 1895년 12월(고종 32년) "성년 남자는 상투를 자르고 서양식 머리를 하라"는 고종의 칙령이 선포된 것이다. 이른바 단발령이다. 근대적 개혁의 일환이었지만 저항이 만만치 않았다. 유학자들은 "손발은 자를지언정 두발頭髮을 자를 수는 없다"며 강력하게 반발하고 나섰다. 결국 정부는 채두관剃頭을 자르는 관리을 전국에 파견해 성인 남성의 상투를 강제로 잘랐다.

82년엔 두발 자율화가 돼 남자들이 다들 머리를 길렀다. 과거엔 머리를 깔끔하게 다듬기만 하면 됐지만 이때부터 남자들도 헤어스타일에 관심을 갖기 시작했다. 유명 프랜차이즈 '박준 뷰티랩'의 전신인 '박준 미용타운'도 이 무렵1981년 만들어졌다.

### 퇴폐 이발소의 등장

악재는 또 있었다. 바로 퇴폐 이발소의 등장이다. 이씨는 "교도소에서 이발 기술 배우고 출소한 사람들이 매춘부들 고용해 면도 가르치고 퇴폐영업 했다"고 떠올렸다. 문제는 이들이 버젓이 '이발소' 간판은 물론 이용업 고유 상징인 삼색파란색·빨간색·흰색 사인보드까지 달았다는 점이다. 정작 진짜 이용사들 명예는 한없이 추락했다. 이발 관련 단체가 복지부현 보건복지부에 강력 항의했고, 이발소를 가장했던 성매매업소들은 하나둘씩 '남성 휴게텔'식으로 간판을 바꿔 달았다. 하지만 이미 실추한 이미지는 돌이키기 어려웠다.

이남열 씨가 4~5년 전 아내와 함께 포즈를 취했다. 아내 이옥연 씨는 87년 결혼한 날부터 하루도 거르지 않고 매일 두 번씩 직접 싼 도시락을 이용원으로 실어 나른다고 한다.

이씨는 "전두환 정권 때 한국이 처음으로 무역 흑자1986년를 기록했다지만 정작 이용업은 매출에 타격이 컸다"며 "수익이 반 토막 나 먹고 살기 어려워져 폐업까지 고려했다"고 말했다.

하지만 이씨 인생만 놓고 보면 그 시절이 고통스럽기만 한 건 아니다. 서른여덟 늦은 나이에 지금의 아내 이욕연씨를 만났기 때문이다. 87년 욕연씨는 인천 강화도의 한 직물 공장에서 일하고 있었다. 순박한 외모에 반

단발령 이후의 고종.

해 용기를 내 청혼했지만 신부 측 집안의 반대가 만만치 않았다. "가난뱅이 이발사에게 딸을 보낼 수 없다"는 이유였다. 하지만 결국 결혼에 성공했고, 결혼하던 해 외동아들 동철씨가 태어났다.

1970년대 초반 이발 보조사 자격으로 아버지를 돕던 시절의 이남열 씨.

먹고 살 정도만 겨우겨우 벌던 시절 국제통화기금IMF의 금융 구제를 받아야했던 외환위기가 닥쳤다. 처음 경험하는 대량 실업사태 등으로 한국인 누구나 고통을 겪었다. 이용업도 마찬가지다. 특히 98년 저가의 남성 헤어컷 전문점을 표방한 블루클럽이 이발 가격을 5,000원에 책정해 다른 이발사들이 속속 문을 닫아야 했다. 하지만 성우이용원에는 기회였다. 나름 브랜드 이미지를

당시 고종·순종은 물론 대신들 머리를 깎아준 이가 왕실 이발사 안종호다. 사실상 한국 1호 이발사인 셈이지만 그에 대한 기록은 남아있는 게 거의 없다. 기록상 한국 1호 이발관은 1901년 서울 인사동에 문을 연 동흥 이발소로, 이발사 유양호가 운영했다.

일제 치하에선 일본군 장교와 공무원 영향을 받아 짧은 상구上口·옆, 뒷머리를 3~4cm 이상 치켜 깎은 머리형 머리가 유행했다.

대한민국 초대 정부인 이승만 정권1948~60년 당시엔 6·25전쟁 등으로 인한 혼란 탓인지 두발에 대한 규정이나 기준이 명확하지 않다. 다만 일제 말 군인 사이에서 유행하던 크루컷12mm 스포츠머리이 많았다고 한다.

그러다 박정희 정권1961~79 시절인 70년대에 "사회악과 퇴폐풍조를 일소한다"는 명목으로 장발족 단속에 나섰다. 73년엔 아예 경범죄 처벌법 개정안에 장발 단속을 포함시켰다. 당시 장발 단속을 둘러싼 재밌는 일화가 많이 전해진다. 예컨대 영화 「바보들의 행진」1975 삽입곡인 가수 송창식67·당시 28세의 「왜 불러」가 금지곡이 된 사연 같은 것 말이다. 영화 속에서 경찰의 두발단속을 피해 도망가는 장면에서 이 노래가 흘러나

착실히 쌓은 덕분인지 이발비 9,000원에도 손님이 떨어지기는커녕 오히려 전에 안 오던 젊은 사람까지 찾았다. 그는 "나 돈 벌라는 하늘의 배려 같았다"고 했다. 결혼 후 사글세만 전전했지만 2003년엔 이용원 근처에 15평49.59㎡짜리 작은 집을 마련할 수 있었다.

### 이건희 회장이 찾다

이발소의 퇴조에도 불구하고 성우이용원은 입소문이 나 유명인도 방문했다. 이건희 삼성 회장도 딱 한번 그의 이용원을 찾았다. 그는 2011년 2월 7일이라고 정확히 기억한다. 이 회장이 다녀가기 바로 전날 배달 온 2월 6~7일자 중앙SUNDAY를 보던 중에 이 회장이 왔기 때문이다. 그는 이날을 기념하려고 이 신문을 아직도 갖고 있다.

"그날 오후 비서가 전화를 걸어 물어왔어. 저녁에 이발 가능하겠느냐고. 한 저녁 7시 반쯤 됐나. 시꺼먼 고급 차가 가게 앞에 서더니 이 회장이

직접 들어왔지. 머리가 좀 뻗쳐있어서 깔끔하게 정리해야겠더라고. 면도까지 다 하고 3만 원 받았어. 나갈 때 '전통 이발 잘 하고 갑니다' 이러고 가더라고."

전통 이발이라니, 대체 뭘까. 이씨는 "바리깡 같은 기계 안 쓰고 오로지 가위랑 빗만 쓰는 것"이라고 설명했다.

정치인 가운데선 노회찬 정의당 전 대표가 2~3주에 한 번씩 온다.

수십 년 동안 손님을 맞다보니 이발 외에 '특별한 기술'이 하나 생겼다. 체취로 건강을 알아보는 재주다. 70여 가지 다른 냄새를 구분한다.

"간이 안 좋거나 고혈압이 있으면 피부부터 늙어. 아무리 부드러운 면도날을 써도 피투성이가 되지. 입에서 비린내 나는 사람은 틀림없이 위장병이고."

좋지 않은 냄새가 나는 손님에게 병원 가보라고 쓴 소리도 곧잘 한다. 그의 아버지에게도 그랬다. 머리를 깎는데 얼굴에서 독한 냄새가 풍겨져 나와 병원에 갔더니 간경화 3기였다.

"한 평생 배운 기술로 아버지 운명을 알게

오는데, 이 노래가 "공무를 방해한다"며 금지곡으로 정했다.

전두환 정권1980~88 시절인 82년 두발 자율화가 시행됐다. 경범죄처벌법에 명시된 두발 단속 조항도 89년 삭제됐다.

김대중 정부1998~2003 땐 사회전반에 인권 인식이 높아지며 두발 자율화에 더욱 탄력이 붙었다. 민간은 물론 교도소와 학교 등 공공기관에서의 머리길이 제한까지 없어졌다. 2000년 7월 법무부는 재소자 두발제한 제도를 공식 폐지했다.

초·중·고에서의 두발 자율화 역사는 보다 복잡하다. 80년대 잠시 교복 자유화와 맞물려 두발도 자율화하기도 했으나, 대부분의 시기, 대부분의 학교에선 두발 자유에 상당한 제한을 받았다.

그러다 2010년 10월 김상곤 당시 경기도교육감이 공식적으로 시행했고, 곽노현 전 서울시교육감도 '두발 자율화'를 담은 학생인권조례를 시행했다. 2012년 재보궐 선거로 문용린 서울시교육감이 취임하면서 '두발 규제'를 담은 개정안을 지난해 말 공포했다. 하지만 지난해 6·4 지방선거에서 다시 진보성향 조희연 서울시교육감이 취임하며 인권조례 원안을 유지하고 있다. 인권조례에도 불구하고 두발 단속은 각 학교가 자율적으로 시행하고 있다.

허동현 경희대 한국현대사연구원장은 "한국인의 두발 길이는 근·현대사 변화를 가장 극적으로 보여주는 사례"라고 설명했다.

됐다니, 인생 참 얄궂지. 어떡하겠어. 내 업業인데."

### 아들이 대 이었으면

이씨는 최근 고민이 하나 생겼다. 3대째 이어온 가업이 끊길 위기에 처했기 때문이다. 이제 이발 기술을 전수하고 싶은데 전해 받을 사람이 마땅치 않다. 큰 수익을 내는 일이 아니니 후배 양성은 어려운데, 현재 롯데백화점 영업사원으로 일하는 외아들 동철 씨는 이발에 도통 관심이 없다.

"면도칼, 가윗날 가는 기본기 갖추는 데만 최소 3년 이상 걸려. 이

용사 기술을 제대로 가르치려면 7~8년은 족히 걸리고. 당장 기술을 전수해도 내 나이 일흔이 넘게 되는 거지. 소위 '날 잡는 내공'까진 바라지도 않아."

이씨의 소박한 바람은 동철 씨를 비롯한 젊은이들이 이발사란 직업에 관심을 갖는 거다. 그는 마지막으로 그가 자부심을 갖고 있는 그의 이발 철학을 얘기했다.

"이발은 한마디로 남성의 이미지를 지켜주는 거지. 이미지란 신뢰와 직업 등 사람 전반을 말해주지. 아름다움만 좇는 미용과는 달라."

# "재수없게 여자가"…
# 그 시절 세일즈우먼에겐 소금 맛이 났다

사회 각 분야에서 여성의 활약이 눈부시다. 여성 대통령까지 탄생한 마당이니 여성 최고경영자(CEO)나 여성 은행장 얘기는 진부하기까지 하다. 하지만 조금만 깊숙이 들여다보면 전혀 다른 현실이 보인다. 2014년 3월 이코노미스트가 발표한 유리천장 지표에서 한국은 조사국 27개국 중 꼴찌였다. 투자은행 크레디트스위스가 36개국 3천여 개 기업을 대상으로 한 조사에선 한국의 여성임원 비율이 1.2%로 가장 낮았다. 태국(26.5%) · 말레이시아(26.2%) · 싱가포르(25.1%) · 대만(24.3%) 등 다른 아시아 신흥국과 대조적이다. 여성 지위가 높아졌다지만 아직 유리천장이 견고하다는 걸 잘 보여준다. 사실 대졸 여성이 대기업에 취업해 남자와 똑같은 대접을 받은 건 그리 오래되지 않았다. 현대자동차에서 여성으로는 처음 임원을 단 김화자씨가 그래서 더 대단하다. 1987년 주부사원 1기로 입사해 '별'까지 단 그의 인생에는 한국 여성의 분투기가 고스란히 녹아있다.

## 여자의 인생 목표는 오로지 결혼

"화자야, 너 서울 가라."

속초여고에 입학한 지 한 달쯤 지났을 때 아버지가 말했다. 강원도 속초에서 명태 건조 덕장고기 말리는 곳을 하던 아버지는 맏딸에 대한 애정이 남달랐다. 공부 좀 한다는 부잣집 애들은 죄다 서울 유학 가던 시절이지만, 딸은 아들과 달리 유학이 드물었다. 딸자식은 혼자 타지 보내면 안 된다는 인식이 팽배하던 시절이기 때문이다. 하지만 아버지는 온갖 지원을 아끼지 않았다. 제기동에 방 다섯 칸짜리 집을 장만하고 식모까지 붙여줬다. 서강대생한테 과외도 받게 했다. 하지만

## 김화자의 역사

1955년
강원도 속초시 출생.
1남4녀 중 맏딸.

1962년
속초초 입학.

1968년
속초여중 입학.

1971년
속초여고 한 달 다니다 서울 유학.

1971년
동덕여고 전학.

1974년
동덕여대 입학.

1978년
결혼.

1980년
첫 딸 출산.

1982년
둘째 딸 출산.

1987년
현대차 영업 주부사원 1기 입사.

1991년
주임 승진.

1992년
대리 승진.

1995년
과장 승진특진.

1996년
관리자로 전직, 잠실영업소 관리 과장.

성과는 시원치 않았다. "서울만 가면 서울대·연세대·고려대에 턱 하고 붙을 줄 알았을 텐데 믿었던 맏딸이 동덕여대 가정관리학과에 들어갔으니 실패라면 실패죠."

하지만 정작 본인은 별로 개의치 않았다. '시집 잘 간다'는 여대, 그것도 가정관리학과 아닌가. 이화여대만큼은 아니어도 당시 결혼시 장에선 여대 프리미엄이 있었다. 서울대 간 친구를 딱히 부러워할 이 유가 없었다. 여자 인생을 결정짓는 건 대학이나 취업이 아니라 결혼 이었기 때문이다. 당시 분위기는 오히려 "여자가 너무 똑똑하면 시집 못 간다"고 할 정도였다.

여자는 대학 마치면 시집가서 애 낳아 키우는 게 당연한 수순이었 다. 다들 졸업 후 집에서 신부수업이란 이름 아래 백수 생활을 했다. 김씨는 "같은 과 동기 40명 중 취업한 사람은 두 셋 밖에 안 됐다"며

동덕여대 재학시절. 왼쪽에서 세 번째가 김화자 씨.

"신부수업 하다 20대 중반을 넘기지 않고 결혼하는 게 일반적이었다"고 했다. 그도 이런 분위기 속에서 78년 대학 졸업한 지 4개월 만에 대학 2학년 때 미팅에서 만난 남자남편은 2006년 작고와 결혼했다. 그리고 두 살 터울로 두 딸을 낳아 행복한 삶을 살았다. 아니, 그렇다고 믿었다.

### 주부사원으로 사회에 첫발 내딛다

그의 인생에 전환점이 찾아온 건 결혼 9년째이던 87년이다. 첫째가 7살, 둘째가 5살이었다. 왠지 마음 한 구석이 허전했다. '뭔가 해보고 싶다'는 욕망이 꿈틀거렸다. 또 결혼 전 워낙 풍족하게 용돈을 받았던 터라 용돈보다 적은 남편 월급으로 사는 게 답답하기도 했다.

김씨가 집에서 살림하는 사이 사회 분위기는 많이 달라져 있었다. 60년대 중반 경제개발계획이 산업을 급속도로 발전시켰다. 부족한 노동력 충원을 위해 여성의 사회진출이 불가피해졌다. 특히 81년 대우가 국내 대기업 최초로 기혼여성을 고용하면서 여성 취업이 탄력받기 시작했다. 당시 대우그룹은 번역·

**1997년**
자동차 업계 여성 최초 파리공원 지점장당시 영업소장.

**2000년**
차장 승진.

**2006년**
부장 진급.

**2010년**
임원 발령.

**2012년**
현대차 자문역.

**2013년**
퇴직.

## 기업 내 여성 지위 변천사

**1980년대**

- 81년 대우그룹, 기혼여성 고용제30세 미만 30명 공채 도입.
- 83~84년 대졸 여성 취업 2~3대 수준. 대졸보다 전문대졸 선호83년 취업희망 대졸·전문대졸 여성 4만789명 중 3.6%만 취업, 84년엔 2%.
- 5년간80~84년 여대생 수는 연평균 7.6% 증가.
- 87년 현대자동차 부녀(주부) 영업사원 1기 채용.
- 88년 남녀고용평등법 시행.
- 89년 여성 채용 비율은 4%대 수준이지만 기업체의 '남녀 구분 없이 채용' 늘어나기 시작한국여성개발원·노동부, 50대 그룹 여성채용비율 87년 4.4%, 88년 4.2%. '남녀 구분 없이 채용'은 85년 15.7%에서 88년 53.2%로 증가.

비서·디자이너 등 6개 분야에 경력사원 30명을 모집한다는 공고를
냈는데, 원서 접수 첫날에만 800명 넘게 몰렸다. 지금처럼 간편하게
기업 홈페이지에 지원하는 게 아니라 회사에 직접 가서 원서를 산 후
손으로 직접 써서 제출하는 방식이었는데도 이렇게 몰렸다. 접수 기
간 8일 동안 지원서 2,600여 장이 팔렸고, 680여 명이 실제로 지원해
22대 1의 경쟁률을 기록했다. 김씨는 "사회 진출에 대한 주부들 열망
이 그만큼 뜨거웠다"며 "신문에서 관련 기사를 보면 나도 모르게 가
슴이 두근거렸다"고 말했다.

　뛰는 가슴을 주체할 수 없었다. 돈을 벌어보고 싶었고, 남편과 자식
앞에서 경제적 독립을 이룬 사회인으로 당당하게 서고 싶었다. 교사·
간호사 친구 앞에서 괜히 주눅 들고 자존심이 상하는 것도 더 이상 싫
었다. "일 하겠다"고 마음먹은 후 매일 신문 하단 취업 광고를 살폈다.

新入婦女營業社員　教育記念
1987.　3.　23~28

1987년 3월 현대자동차는 처음으로 주부 영업사원을 뽑았다.

하지만 경력 없는 주부를 채용하는 곳은 없었다. 혹시나 싶어 전화하면 "여자는 안 뽑는다"거나 "유부녀는 필요 없다"는 싸늘한 답변만 돌아왔다. 보험과 책 방문판매는 가능했으나 워낙 내성적 성격이라 당시엔 도전할 엄두를 내지 못했다.

그러던 중 현대자동차 대졸 부녀사원 영업직 모집 공고가 눈에 띄었다. 기왕 할 게 영업밖에 없다면 책이나 보험보다 자동차 팔아 돈이나 많이 벌자는 생각이었다. 이게 착각이라는 걸 깨닫기까지는 그리 오랜 시간이 걸리지 않았다. "알고 보니 자동차 한 대 팔아봐야 떨어지는 건 차 값의 1% 정도밖에 안 됐어요. 400만 원짜리 차 팔아야 4만 원 받았죠. 철부지 주부가 그런 걸 알 턱이 있나요. 그때는 '하늘이 준 기회'라는 생각에 당장 현대차 계동 본사로 달려갔죠."

### 첫 차 판매를 망치다

사회생활에 대한 두려움보다 일할 수 있다는 설렘이 더 컸다. 남산타워호텔현 반얀트리에서 5일간 직원 교육 받을 때까지도 그랬다. "장밋빛 인생이 펼쳐질 일만 남았다는 생각

**1990년대**

– 90년 포항제철포스코, 대졸 여성 근무부서 전全부서로 확대.

– 92년 제일은행, 성차별제도인 '여행원 제도' 폐지. 93년 전全 은행권 확대.

삼성그룹, 하반기 공개채용에 대졸 남녀 구분 없애.

– 93년 현대그룹, 정기채용 이후 대졸여성 200명 추가 채용

– 94년 삼성전자, 여성 경력사원 공개채용학사 및 석·박사 소지자 중 해당 부문 2년 이상 경력.

– 95년 한진해운, 국내 최초 여성 해기사12명 채용.

50대 그룹 신규 채용 대졸자 중 여성비율 11.3%로 10% 돌파.

– 98년 LG칼텍스, 국내 정유업계 최초로 여성 엔지니어 채용.

– 98년 LG화재, 첫 여성 임원장화식 배출.

**2000년대**

– 2000년 산업은행, 국내 첫 여성 은행임원 채용CIO 서송자.

– 2001년 삼성전자, 대리급 여직원 109명 과장 승진.

LG전자·삼성증권 첫 여성 임원 탄생김진 디지털디자인연구소·디자인실장, 이정숙 삼성증권 법무실 상무.

– 2004년 SKT, 첫 여성 임원윤송이 상무.

– 2005년 롯데마트, 첫 여성점장 탄생김희경 강변점장.

은행권·KT '난임휴가제' 시행

– 2007년 포스코, 주부 생산직 사원30명 안팎 공채.

**2010년대**

– 2010년 현대자동차, 첫 여성 임원 탄생김화자 충북지역본부장.

포스코 첫 여성 임원오인경 상무.

에 밥 안 먹어도 배가 불
렀어요. 앞으로 펼쳐질 고
난의 세월을 그때는 상상
도 못했죠."

입사 한 달 만에 꿈에서
깼다. 나와 보니 세상은
철저한 약육강식의 세계
였다. 아쉬운 소리 한 번
안 하고 자란 그가 매일

2010년 1월 김화자 씨는 여성 최초로 현대차 임원이 됐다.
정의선 현대차 부회장에게 임명장 받는 모습.

미안합니다, 죄송합니다 소리를 입에 달고 살았다. 영업이라는 게 그
랬다. 항상 을乙이었다. 두 달에 한 번 새로 뽑아야 할 정도로 이직률
이 높았던 게 다 이유가 있었다.

더 큰 문제는 차를 못 팔았다는 거였다. 당시 선배들은 늦깎이 신
입사원에게 '명함 걷어오기'를 시켰다. 지금으로 치면 일종의 업무 보
고다. '이만큼 발로 뛰어 사람을 많이 만났다'는 증거물이 명함이었던
셈이다. 하지만 숫기가 없는 탓에 이마저도 제대로 못했다. "모르는
사람에게 다가가 얘기를 해야 하는데 차마 입이 떨어지지 않았어요.
음식점 문 열고 들어갔다 그냥 나온 게 한두 번이 아니었죠."

더 힘든 건 여자에 대한 편견이었다. 여자라고 무조건 무시하고 깔
보는 시선 말이다. "여자가 아침부터 와서 재수 없다"는 말을 부지기
수로 들었고, 음식점에서는 "다시는 오지 말라"며 소금까지 뿌렸다.
현실은 너무 버거웠다. "화장실에 숨어서 운 게 하루 이틀이 아니에
요. 그냥 얌전히 애나 키울 걸, 내가 왜 사서 이 고생을 하나 후회막

심이었죠."

　입사 3개월 만에 드디어 차를 팔았다. 아랫집 살던 지인이 소개해준 사람이 법인 명의로 프레스토를 2대 구입했다. 프레스토는 액센트 같은 소형차다. 경험이 없어서인지 첫 판매부터 대형 사고를 쳤다. 견적서를 원가보다 낮게 써서 고객에게 보낸 거다. 상사는 "차액을 책임져야 한다"고 엄포를 놨다. 김씨 두 달 월급을 통으로 내야 할 만큼 큰 금액이었다. 당시 차는 가장 싼 것이 400~500만 원, 그의 월급은 15만 원이었다. "돈도 돈이지만 사람들 앞에서 혼나는 게 자존심 상하고 속상했어요. 고객과 통화하면서 눈물을 뚝뚝 흘렸죠." 다행히 큰 문제없이 해결됐다.

　이날 이후 계약서를 두 번, 세 번 반복해서 꼼꼼히 살피는 습관이 생겼다. "첫 계약의 실수가 전화위복이 된 셈이죠. 꼼꼼하다고 좋은 평가를 받았으니까요. 돌이켜보니 지금의 나를 만든 토대가 된 것 같아요."

### 반려된 사표

　위기는 이어졌다. 판매실적은 별로 좋지 않았다. 1년도 안 돼 한계에 부딪혔다. 일도

- 2011년 국내 금융사보험업계 포함 첫 여성 CEO 탄생손병옥 푸르덴셜생명 사장.
- 2012년 롯데그룹, '자동육아 휴직제' 도입, 2013년 SK그룹도 시행.
- 2013년 CJ그룹, 경력단절여성 재취업 제도 시행.
- 포스코 · GS건설, 공채 출신 첫 여성 임원 탄생최은주 포스코A&C 상무 · 이경숙 GS건설 상무.
- 2014년 국내 첫 여성은행장 탄생권선주 기업은행장.

자료=전경련 사회공헌팀 · 여성가족부 · 각 기업

힘들었지만 애들이 더 큰 문제였다. "한번은 퇴근하고 집에 가니 첫째가 방에 틀어박혀 울고 있는 거예요. 비가 쏟아지는데 우산 갖다 줄 엄마가 집에 없으니 혼자 비 맞고 왔다는 겁니다. 이렇게 애들까지 내팽개쳤으면 밖에서라도 대접을 받아야 하는데, 가는 곳마다 무시나 당하니. 참아왔던 눈물이 왈칵 쏟아지더군요. 첫째를 부둥켜안고 한참을 '엉엉' 소리 내서 울었어요."

얼마 지나지 않아 사표를 냈다. 하지만 상사가 그를 말렸다. 난생처음 한 일을 도중에 관두면 앞으로 어떤 일도 할 수 없다며 설득했다. "인생 첫 도전에서 좌절하고 평생 낙오자로 살아갈 것인지, 불굴의 의지로 이겨낼 것인지 고민했죠." 김씨는 결국 후자를 택했다. "박수칠 때 떠나고 싶었어요. 잘할 때 그만두기로 나 자신과 약속했죠."

### 자동차 업계 최초의 여자 지점장이 되다

그리곤 전략을 짰다. 무턱대고 아무 회사를 찾아가는 방식으로는 더 이상 안 된다는 걸 깨닫고는 인맥을 활용하기로 했다. 친구 소개

로 알게 된 잠원동에 있는 한 기업교육원을 집처럼 드나들면서 사람을 사귀었다. 기업 대상으로 강의나 컨설팅을 하는 곳이라 오가는 사람이 많았다.

차를 팔기보다 사람

2011년 충북지역 본부장 시절 우수지역본부로 선정돼 받은 상패.

사귄다는 생각으로 대했다. 차 얘기는 전혀 하지 않고 세상 돌아가는 얘기만 하니 사람들이 경계를 먼저 허물었고, 한두 사람이 차를 구입하자 영업에 탄력이 붙었다. 이런 자세는 차를 팔 때보다 차를 판 후 더 빛을 발했다. 차 한 대를 팔면 열흘 후, 한 달 후에 꼬박꼬박 전화해 '차가 마음에 드는지, 고장은 없는지'를 물었다. 요즘은 회사 차원에서 만족도 조사를 따로 하기도 하지만 그때는 팔고나면 그만인 시절이었다. 지금처럼 품질이 좋지 않아 잔고장이 많았으니 가급적이면 고객과 연락을 끊고 싶어 하는 영업사원도 적지 않았다. 보통 차가 고장 나면 고객이 직접 공업사나 수리 센터를 찾지만, 김씨 고객은 그럴 필요가 없었다. "고객 차에 문제가 있다고 할 때마다 가장 빨리 수리할 수 있게 도왔어요. 만약 쏘나타 바퀴에 이상이 있으면 공업사마다 전화해 부품 있다는 곳에 차를 입고시켰죠."

이런 일이 하나 둘 쌓일 때마다 주변에서 '김화자만큼은 믿을 수 있다'는 입소문이 나기 시작했다. "많은 남자 직원들이 차 팔기 전에는 술 마시며 '형님, 형님' 하지만 막상 차 팔고난 후에는 연락 한 번 안 하는 경우가 많거든요. 저는 술 대신 세심한 배려를 한 거죠. 자주 연락하니 주변에 차 살 사람이 있으면 저를 먼저 떠올려주더라고요."

고객 관리 중요성을 깨달은 후 적지 않은 시간과 돈을 투자했다. 입사 3~4년 만인 90년대 초반 팀 내에서 처음으로 컴퓨터를 사 고객관리프로그램을 사용했다. "당시 컴퓨터 한 대 가격이 80만~100만 원, 고객관리프로그램도 100만 원이 훨씬 넘었죠. 부담스러웠지만 투자할 가치가 분명 있다고 믿었어요."

그렇게 남들보다 먼저, 다른 사람보다 빨리 고객관리에 공을 들인

게 지금의 그를 만들었다.

운 좋게도 그가 본격적으로 일하기 시작한 88년은 자동차 산업이 막 부흥할 때였다. 85년 자동차 100만 시대가 열렸다. 70년대 원유 파동과 80년대 초반 정치 불안으로 주춤했던 소비가 80년대 중후반에 활짝 기지개를 펴기 시작한 거다. 특히 현대차는 88년 1월 자동차 100만 대를 수출하고, 국민차로 자리매김한 쏘나타를 출시하는 등 국내 최고 자동차 회사 입지를 굳히고 있었다.

자동차 산업이 활황이니 차 팔기가 수월했다. "잘 살게 되니 너도 나도 자동차 구매에 관심을 가졌어요. 가만히 앉아 있어도 고객한테 먼저 연락이 왔어요. 2년 정도 지나니 실적이 꾸준한 상승곡선을 그리고 있더군요. 잘할 때 그만두자고 결심했지만, 막상 잘하게 되니 좀 더 잘하고 싶은 욕심이 생겼죠."

대리 3년차 때였던 94년에는 한 번에 100대를 묶음으로 판 적도 있다. 평소 친하게 지내던 단골 고객이 사업을 확장하면서 자동차를 대량 구매한 거다. "그 해 다른 영업사원의 2~3배 성과를 냈어요. 많이 팔아야 100대 팔던 시절에 200대 판매를 기록했죠." 이런 성과를 인정받아 대리 3년차 때 과장으로 특별 승진을 했다. 현대차 최초 여성 과장의 탄생이었다. 97년에는 자동차업계 최초로 지점장에 올랐고, 2010년 현대차 여성으론 처음으로 임원이 됐다.

### 커피 잘 타는 여자가 일도 잘 한다

얼핏 보면 승승장구한 것 같지만 꼭 그렇지만은 않다. 당연한 말이지만 남다른 노력을 했다. 여자라서 못한다는 핑계는 대지 않았다. 대신 할 수 있는 일을 찾았다. "입사 후 5년은 여자라는 이

유로 부당한 대접을 받기도 했어요. 전시장 당직은 남자만 시켰죠. 자동차 판매가 급증할 때라 전시장에 나가만 있으면 2~3대 파는 건 기본이었으니 남자들이 실적 올리기가 훨씬 수월했습니다."

하지만 그는 "남녀차별 하지 말라"고 요구하지 않고 더 악착같이 인맥을 쌓아 나갔다. "돌이켜보면 이때 쌓은 인간관계가 초석이 돼 '최초' 타이틀을 달 수 있게 됐어요. 그때 남자들은 헝그리 정신이 부족했죠. 가만히 있어도 욕 안 먹을 정도로는 팔 수 있으니 발바닥에 땀 나도록 뛸 이유가 없지 않겠어요."

관리자가 된 후에도 마찬가지다. 원래 술을 못 먹지만 97년 목동 파리공원 지점장을 맡고는 술까지 배웠다. 또 밤늦게 술 많이 마신 회식 다음날에는 드럼통에 미역국을 끓여가 직원들과 나눠 먹었다. 이런 노력은 실적 향상으로 이어졌다. 450개 지점 중에서 420위였던, 쉽게 말해 꼴찌에 가까웠던 지점을 100위권으로 끌어 올렸다. "상사는 직원이 다가오기를 기다리면 안 돼요. 그래야 신뢰를 얻을 수 있죠."

그는 지난해 현대자동차 자문역을 끝으로 27년간 현대차 생활을 마쳤다. 지금은 의류 사업을 하며 제2의 인생을 살고 있는 그가 이 시대

여성들에게 조언했다. "상사가 커피 심부름 시킨다고 불평하기 전에 세계에서 가장 맛있는 커피를 타도록 고민하는 사람이 되세요. 사소한 일 열심히 하는 사람이 큰일도 잘합니다. 불평등을 방치하라는 게 아니에요. 생각을 바꾸면 나쁜 상황도 얼마든지 유리하게 활용할 수 있다는 겁니다. 그렇게 노력하면 반드시 성공의 길이 열립니다."

# 며칠을 울었죠,
# 내가 갈 '고등학교'가 중국집인 걸 알고

세 자루의 칼(三把刀 · 싼바다오). 화교가 생업으로 삼아온 일을 일컫는
말로, 비단 끊는 가위와 가죽 가공용 칼, 중화요리의 식도를 뜻한다. 그중
중화요리는 한국에 정착한 화교들이 가장 많이 몸담은 분야다. 중 · 고등학
교를 마치면 으레 중국집에 취직했다. 모두가 뛰어든 만큼 훌륭한 요리사
가 되기 위한 경쟁은 치열했다. 누구나 하지만 실력을 인정받는 건 소수였
다. 여경래(그랜드앰배서더 중식당 홍보각 대표, 이하 여 대표)와 경옥(롯데

호텔서울 중식부문 이사, 이하 여 이사) 형제는 둘 다 최고에 올라선 드문 경우다. 한국에서 태어났지만 중국 국적 때문에 평생을 이방인으로 살아야 했던 이 형제의 녹록치 않은, 그러나 결국 성취한 영광스런 삶을 되돌아봤다.

## 화교 뿌리, 그리고 지긋지긋한 가난

산둥성 출신의 아버지1921~65는 1940년대 보따리 장사 하러 평양에 처음 왔다. 기근이 심해 먹고 살 길을 찾아 한국에 온 거다. 사실 20년대에서 40년대 말까지는 화교의 전성기였다. 중국과 한국을 오가며 소소한 무역업을 하기도 하고, 잡화점 · 비단가게 · 양장점 · 이발소 · 식당 등을 운영하며 돈을 꽤 벌었다. 그러나 형제의 아버지가 한국에 온 지 불과 몇 년 만에 대한민국 정부가 수립1948년되면서 상황이 급변했다. 이듬해 중국 본토에 공산당 정권인 중화인민공화국중공이 들어서며 펼친 이주억제정책 탓에 발이 묶여 다들 고향으로 돌아가지 못하고 한국에 정착할 수밖에 없었다.

형제의 아버지도 마찬가지였다. 그는 한국인 아내 김영래씨를 만나 수원에 정착해 농사

## 형 여경래의 역사

1960년
경기도 수원 출생.

1975년
중학교 졸업 후 중식당 회현반점서 입문.

1983년
팔래스호텔 입사.

1989년
결혼.

1990년
큰 아들 출산.

1991년
작은 아들 출산.

1992년
역삼동 영동시장 내 중식당 용봉각 인수95년까지 운영.

1995년
타워호텔 중식당 주방장2003년 인수. 2006년까지 운영.

2001년
중국 동방미식세계요리대회 은상.

2003년
'홍콩 이금기 소스' 조리 고문 위촉, 세계중국요리 국제심사위원 자격증 획득.

2006년
한성화교협회 이사현재 부회장.

2007년
그랜드앰배서더서울 중식당 홍보석 운영~현재.

2012년
한국외식산업협회 부회장.

를 지었다. 큰 아들경래 · 1960년과 작은 아들경옥 · 1963년이 차례로 세상에 나와 단란한 가족을 이뤘다. 그러나 행복은 짧았다. 아버지는 65년 큰 아들이 보는 앞에서 차에 치어 세상을 떠났다. 여 이사는 "아버지가 돌아가셨을 때가 불과 세 살이라 아버지에 대해 아는 게 거의 없다"며 "얼굴도 사진 속 모습으로만 기억한다"고 말했다.

형제에게 어린 시절 기억은 오로지 가난뿐이다. 당시 한국 정부의 배화排華 · 화교 배척 정책 탓에 화교사회가 위축됐다지만 형제에겐 이런 소리하는 다른 화교들이 배부른 소리하는 걸로 생각됐다. 그만큼 먹고 사는 게 힘들었다. 쌀밥은 어쩌다 한 번씩 맛볼 수 있었다. 늘 나라에서 영세민에게 배급 주는 밀가루로 만든 음식뿐이었다. 여 이사는 어쩌다 한 번씩 쌀 심부름 갈 때면 쌀밥 먹는다는 생각에 기쁘다기보다 오히려 창피했다고 한다. 남들은 '말'로 사가는 쌀을 '되'로 살 수밖에 없었기 때문이다.

"매년 이사 했어요. 집세를 내지 못하니 계속 더 안 좋은 집으로 옮긴 거죠. 비 오면 위에선 물이 새고, 바닥은 물에 잠기고. 지금도 비랑 밀가루가 제일 싫어요. 그나마 이제 좀 살만해져서인지 비 오면 커피 한 잔 하고 싶다는 생각이 들기는 하더라고요."

어머니는 한국인이었지만 형제는 수원에 있는 화교 초등교육기관인 수원화교중정소학교에 들어갔다. 아버지 뿌리를 잃지 않게 하려는 어머니의 바람 때문이었다.

"아버지 피를 따라 화교학교에 가야 한

아버지(1965년 작고)와 함께 한 어린시절의 여경래 씨

다는 이유였어요. 또 애비 없는 자식 소리 안 듣게 하려고 어머니는 우리 형제를 더 엄하게 키웠어요. 늘 동네에서 제일 인사 잘하는 아이였어요.”

하지만 화교학교 생활은 녹록치 않았다. 일단 형제 모두 중국어가 서툴렀다. 또 화교학교에서 늘 ‘중국사람’이라는 걸 강조했는데, 이 때문에 어린 시절부터 정체성의 혼란을 겪을 수밖에 없었다. 하교 때 차례대로 줄서서 교문을 나갔는데 한 명씩 나갈 때마다 기다리고 있던 한국 아이들과 싸움을 했다.

“우리 학교 애들이 한국 애들하고 많이 싸웠어요. 하도 싸우니 학교에서는 여럿이 안 내보내고 줄서서 나가라고 한 거죠. 그래도 싸움은 계속됐지만요. 사실 싸울 일도 아닌데 말이에요. 한국 애들이

2013년
싱가포르세계중국요리대회 · 중국화서촌세계요리대회 · 타이베이세계중국요리왕국제대회 · 말레이시아청년요리사국제대회 · 중국하얼빈6개국초청국제요리대회 심사위원.

2014년
홍콩 6개국 국제요리대회 심사위원 및 한국대표팀 단장. 중화인민공화국 선정 요리명인전세계 417명.

## 동생 여경옥의 역사

1963년
경기도 수원 출생.

1978년
중학교 졸업 후 중식당 소복장서 입문.

1984년
서울신라호텔입사2007년 퇴사.

1990년
결혼.

1997년
큰 아들 출산.

1998년
작은 아들 출산.

2001년
중국 동방미식세계요리대회 금상.

2002년
말레이시아 세계요리대회 은상.

2003년
저서 『여경옥의 중국요리』발간.

'짱깨'라고 부르면 싸우는 거죠. 화교는 짱개란 말 정말 싫어해요. 말하는 사람은 별 생각 없이 하는지 몰라도 화교를 비하하는 말이니까요."

### "중학교 졸업했으니 중화요리를 배워라"

수원에 화교 중학교가 없어 형제는 둘 다 서울 연희동의 화교 중학교에 들어갔다. 그리고 졸업하자마자 바로 중식당에 취직했다. 여대표는 16살이던 75년 가족 생계를 책임져야 했다.

"며칠을 울었어요. 다른 친구처럼 고등학교에 갈 줄 알았는데 못 간다는 거예요. 어머니가 '너희는 중국인이니 기술을 배워야 한다'는 거예요. 그 기술이 뭘 말하는 지도 몰랐죠. 며칠 후 왕서방이라는 분이 오셔서 서울로 데려갔어요. 종로2가 회현반점이라는 중국집이었는데 나중에 알고 보니 중학교 동창네 집이더라고요. 자장면은 그때 처음 봤어요."

한 반 70여 명 중 그렇게 중화요리 길로 들어선 게 5명이다.

1년 동안은 월급 6,000원 받고 홀에서 일했다. 당시 자장면 한 그릇을 150원 받던 시절이다. 주방에서 일한 건 이듬해 노량진의 한 중식당에 취직하면서부터다. 하루 종일 수타를 했다. 남들은 한참 걸려 배운다는 수타를 이틀 만에 해냈다. 90년대 여 대표를 스타 셰프로 만들어 준 수타 실력은 이때 배운 거다. 이후 78년 한

10년 넘게 사용 중인 여경옥 대표의 식도.

남동 거목에서 일했다. 여 이사도 중학교 졸업 후 신림동 쪽에 있던 소복장이라는 중식당에 취직했다. 배달부터 했다.

"세상 경험이 전혀 없었잖아요. 정말 어리바리했어요. 배달 갔는데 손님이 얼마냐고 묻더라고요. 잠깐 기다리라고 하고는 식당으로 다시 뛰어왔죠. 주인이랑 손님 둘 다 얼마나 혼내던지. 그렇게 한 6개월 정말 많이 혼났어요. 그래서 처음 온 직원이 좀 어리바리해도 혼 안내요. 옛날 생각나서요."

10년 넘게 사용중인 여경래 이사의 식도

### 고수를 만나다

79년 여 이사는 형이 일하던 거목에 취직했다. 거목은 형제가 대표적인 중국요리사로 성장할 수 있는 밑거름이 됐다. 당시 어느 집이든 중국 요리사는 자기 요리법을 누구에게도 공개하지 않았다. 그것만이 본인의 재산이자 경쟁력이기 때문이다. 심지어 선배가 요리할 때 쳐다볼 수도 없었다. 그런데 선배 왕진휘(미국 거주)씨가 자신이 아끼던 요리노트를 여 대표에게 건넸다.

2004년
고입 검정고시.

2005년
중국 CCTV 요리대회 금상, 한국 화교조리사협회 회장.

2006년
중국조리사협회팽임협회 명장위원. 한국 귀화.

2007년
중식당 더루이광화문 오너셰프.

2008년
디지털서울문화예술대 졸업.

2010년
경기대 관광전문대학원 외식산업경영 석사.

2013년
경기대 박사.

2013년 5월
롯데호텔서울 중식부문 이사 ~ 현재.

2014년 9월
동탑산업훈장 수상.

### 화교의 역사

1882년
통상에 관한 협약인 상민수륙무역장정商民水陸貿易章程 체결. 조선–청 무역관계 맺으며 화교 이주 시작.

1883년
인천항 개항.

1894년
청상보호규칙淸商保護規則 제정으로 본격적인 화교 정착 시작.

"마치 무협지에서 고수가 비급祕笈 · 소중히 보존되는 책을 건네듯 선배가 공책 세 권을 주더라고요. 요리 비법이 적혀있었죠. 요즘 같으면 복사하거나 사진 찍으면 되는데 그땐 그런 게 없잖아요. 일 끝나면 밤새 베꼈어요. 식당에서 숙식하던 시절인데 일 끝나고 매일 새벽 3~4시까지 적느라 쌍코피 여러 번 흘렸죠. 나중에 생각해보니 직접 손으로 쓰니 더 공부가 된 것 같아요."

여 대표는 심지어 선배들이 만든 요리를 기억해뒀다 그림으로 남겼다. 그러곤 혼자 그림 보고 따라했다.

이후 요리사 인생 최고의 스승으로 꼽는 최고의 주방장 故 오학지와 왕춘례를 만난 방배동 함지박으로 옮겼다.

"얼굴에 수두 자국이 많아 곰보 주방장으로 유명했던 오학지 사부가 있었죠. 손이 정말 빨라 남들은 음식 두 가지 만들 시간에 혼자 7개 코스요리를 만들었어요. 그런데 사장이랑 안 맞아서 나갔고 그 다음에 온 사람이 왕춘례 사부였어요. 당대 최고의 칼판주방 칼질 담당이었어요. 운이 좋았죠. 당대 최고의 주방장을 연달아 사부로 모셨으니."

형이 당대 최고 스승 아래서 배우는 사이, 동생은 홍보석으로 갔다. 동부이촌동에서 서울역 앞 대우빌딩으로 옮긴 홍보석은 중식 부흥기인 60~80년대 아서원, 호화대반점사보이호텔, 팔선신라호텔과 함께 서울 4대 중식당으로 꼽히던 곳이다. 남진과 고 앙드레 김 등 유명인들의 아지트로 유명했다. 여 이사는 이곳에서 면 삶기와 칼질을 배웠다.

"항상 먼저 출근했어요. 기술직은 부지런한 게 정말 중요해요. 그전엔 제일 먼저 오던 사람이 칼판장칼질 담당 중 선임이었는데 제가 항상 더 먼저 나갔죠. 그 칼판장이 면 삶던 저를 칼판으로 데려갔죠."

이후 2~3년 새 불광동, 방배동 등 여러 중식당을 두루 거쳤다. 신사동 늘봄공원현 늘봄에식장 맞은편에 있던 만다린에서 20살 무렵부터 부주방장을 맡았다.

"당시 중식당 전성기라 여러 곳이 문을 여는 바람에 실력 있는 요리사 스카우트 경쟁이 벌어졌어요. 요리사들이 1년쯤 일하다 옮기면서 몸값을 계속 높이는 분위기였어요."

여 이사 월급도 4년 새 크게 올랐다. 78년 2만 5,000원에서 82년 40만 원으로 껑충 뛰었다. 형제는 결혼 전까지 월급을 고스란히 어머니한테 드렸다.

## 호텔 중식당 시대를 주름잡다

74년 퍼시픽호텔 야상해를 시작으로 75년 사보이호텔, 77년 프라자

인천화상조계장정仁川華商租界章程 체결. 인천 선린동 일대5000평, 1만6500㎡에 최초 차이나타운인 조계지 설정으로 중국 건축 본뜬 건물 많이 세워짐. 이후 일제가 1914년 폐지. 조계지 설립 후 화교수 급증. 1883년 48명에서 1884년 235명, 1890년 1000여 명으로 증가.

1899년
중화상회 설립현 한성서울화교협회.

1902년
국내 최초 화교학교인 인천화교소학교 개교.

1905년
국내 최초 중식당 산동회관1912년 공화춘으로 상호 변경 인천서 영업 시작.

1909년
서울 명동에 한성화교소학 개교.

1920년대
화교무역 성업. 서울·인천 거주 화교6000여명가 운영하는 잡화점·비단 가게·양장점·이발소·식당 급증.

1930~40년대
중·일전쟁1937년, 국공내전1927~50년 국민당·공산당 간 내전 거치며 산동성 거주 중국인 국내로 대이동. 43년 화교 수 8만 명 넘겨.

호텔, 79년 신라, 롯데호텔이 중식당을 내며 호텔 중식당 시대가 열렸다. 여 대표는 83년 팔래스호텔 중식당, 여 이사는 이듬해 84년 신라호텔에 입사했다.

"형이 대우 좋고 배울 게 많다고 추천했어요. 밖의 중식당과는 요리 스타일도 다르다고요. 신라호텔 입사 당시 경쟁률이 아마 몇백 대 1이었을 거예요. 필기 · 실기 · 면접 등 5단계 넘는 시험을 봤어요. 그렇게 힘들게 들어갔는데 처음엔 말 그대로 '멘붕'에 빠졌죠. 지금까지 양으로 승부했는데 호텔은 질로 승부하더라고요. 게다가 부주방장까지 했는데 호텔에선 칼판 맨 끝에서 일했어요. 나이가 가장 어렸거든요."

그렇게 각자의 자리에서 성장을 거듭하던 두 사람은 99년 대만국제요리대회에서 손을 잡았다. 장려상, 그리고 이듬해 대회에선 동메달을 땄다. 한국 최초로 국제 규모 중국요리대회에 따낸 상이었다. 그 다음해는 중국 동방미식대회 개인전에서 라이벌로 붙기도 했다. 동생이 금상, 형이 은상을 수상했다.

국제요리대회 입상 등으로 유명세를 얻었지만 형제는 진로를 놓고 고민했다. 결국 동생은 2007년 24년간 몸담았던 신라호텔을 떠났다. "남자라면 자기 사업을 해야 한다"는 형 조언

10년 2008년 중국요리 마스터셰프(세계중국요리명인연합회 인정 셰프) 100인 전집에 소개된 여경래 대표와 그의 요리.

을 따른 것이다.

"외환위기 이후 평생직장 개념이 사라졌잖아요. 회사에서 인정받던 선배조차 하루아침에 잘리더라고요. 그래서 일단 퇴사했죠. 사표를 안 받아줘서 3개월 동안 회사 연락을 안 받았어요. 힘들게 퇴사했지만 한편으론 고맙죠."

형은 2003년 남산타워호텔2010년 반얀트리 클럽앤스파로 변경 중식당 만복림을 인수했다. 96년 만복림 주방장으로 타워호텔에 입사했던 그가 중식당을 인수한 것이다. 외환위기 이후 코리아나, 그랜드힐튼 등이 식음업장을 직접 운영하는 대신 아웃소싱을 했는데 이후 다른 호텔도 따라한 거다.

"유럽·미국에서는 일반적이에요. 호텔 입장에서 보면 식음업장 인건비가 높아 마진이 별로 안나거든요. 한 달에 한두 번씩 호텔 회장님과 독대하며 트렌드 얘기를 나눴는데 2003년 어느 날 회장님이 전화로 '여주방장, 자네가 할 수 있겠나'라고 묻더라고요. 소름이 끼쳤죠."

이후 2006년 반얀트리 클럽앤스파로 리모델링에 들어가기 전까지 10년 넘게 호텔을 지

**1948년**
대한민국 정부 수립. 제도적 제한과 차별 대우로 화교 위축. 외국인 입국 허용 안해 화교 유입 끊어짐.

**1949년**
중화인민공화국 수립. 내국인 외국 이동 금지로 연 1회 화교의 고향 방문 끊어지고 중국과의 교역도 불가능해짐. 이를 계기로 화교들이 국적을 대만으로 바꿈.

**1950년**
6·25 전쟁.

**1953년**
휴전.

**1961년**
박정희 정권. 외국인 토지소유 금지법 시행.

**1962년**
긴급통화조치 실시화폐개혁.

**1970년**
외국인 토지 취득 및 관리에 관한 법 제정. 화교는 1가구 1주택, 1점포만 허용주택 면적 660㎡(200평) 이하로 제한. 취득한 토지·건물은 타인에게 임대할 수 없을 뿐 아니라 논밭·임야 취득도 불가능. 한국은 영주권 제도가 없어 화교는 외국인출입관리법을 따라야. 외국인은 거주자와 비거주자로 분류되는데 거주자는 2년에 한번 비자 갱신.

**1981년**
화교 출신 배우 하희라 데뷔93년 결혼 후 귀화.

**1984년**
최초 중식당 공화춘 폐업.

**103**

켰다. 그리고 2007년부터 그랜드앰배서더서울호텔<sub>당시 소피텔앰배서더</sub> 중
식당 홍보각을 운영하고 있다.

여 이사는 2007년부터 형과 함께 중식당 루이·수엔190를 운영하
는 동시에 지난해 롯데호텔 중식 부문 이사로 호텔업계에 돌아왔다.
신라호텔 재직 당시 친분이 있던 김정환 롯데호텔서울 총지배인 요
청을 받아들인 거다. 여 이사는 "요리사가 대기업 임원이 된다는 데
에 자부심을 느낀다"고 말했다.

### 화교, 그러나 한국인

"화교라서 힘들었던 게 화폐개혁 때인데 워낙 어려 기억에도 없어
요. 그저 휴대전화 개통할 때 외국인이라 좀 불편한 정도죠. 우리 둘
다 성격이 긍정적이에요. 화교라 힘들다고 생각하면 모든 게 힘들어
요. 일부러 그렇게 생각하지 않으려고 노력했어요. 솔직히 해외에서
그 나라 국민과 동등한 대우를 받겠다는 게 오히려 모순이 아닌가 싶
어요."

게다가 98년 외국인의 부동산 소유를 660㎡<sub>200평</sub>로 제한한 조항을
삭제하면서 화교로 사는 불편함은 사라졌다. 다만 대만과의 단교 탓
에 불편하기는 하다. 한국 거주 화교는 대만여권을 깡통여권이라고
부른다. 이들을 위한 비자업무 창구가 한국에 없기 때문이다. 예컨
대 대만과 무비자 협정을 맺고 있지 않은 캐나다 출장을 가기 위해선
필리핀 등 제3국에 가서 캐나다 비자를 받은 뒤 출국해야 한다. 결국
여 이사는 2006년 귀화했다.

"전엔 국적 바꾸면 나라 팔아먹었다고 욕했어요. 하지만 저는 오히

려 다른 화교들에게 '너희도 바꾸라'고 당당하게 얘기해요. 한국에서 태어나 오래 살았고 앞으로도 살 거잖아요. 내 아이도 그렇고요. 이방인이 아니라 한국인으로 살아야 한다고 생각했죠."

중화요리를 처음 배울 때 부터 어느정도 익숙해 질때까지지도 형제의 공부는 계속됐다. 열정이 고스란히 담긴 노트.

화교 출신 가수 주현미88년 결혼 후 귀화 데뷔.

1992년
한국-대만 단교, 한국-중국 수교, 조선족 입국 러시.

1997년
외국인출입관리법 개정으로 비자 갱신 기한을 2년에서 5년으로 변경.

1998년
외국인 부동산 관련 법규 개정해 660㎡200평 이하 소유 제한 조항 삭제.

2007년
인천시 중구청, 차이나타운 일대를 차이나타운 지역특화발전특구 지정.

2013년 6월
대만 국적 화교 2만 2,000명, 주한 타이베이 대표부 앞서 대만 본토인과 동등한 대우 요구하는 시위.

# 삼종지도三從之道라는 말이 있다.
# 아니, 있었다.

어려서는 아버지를, 결혼 뒤엔 남편을, 늙어서는 아들을 따라야 한다는, 여자가 따라야 할 세 가지 도리 말이다. '여자 팔자 뒤웅박 팔자'라는 속담도 있다. 아니, 있었다. 여자 인생은 결국 어떤 남자와 결혼하느냐에 따라 결정된다는 믿음(혹은 체험)에서 나온 속담 말이다. 지금 젊은 세대에겐 어처구니없는 얘기처럼 들리겠지만 지금으로부터 그다지 멀지 않은 과거로 거슬러 올라가 봐도 여자는 이렇게 자기 인생의 주체가 아니라 아버지나

남편, 심지어 아들에 기대는 수동적 대상일 뿐이
었다. 그런데 아이러니하게도 정작 전쟁 통의 혼
란기는 물론 다들 배고팠던 시절 집안을 건사했
던 건 어머니이거나 아내거나, 아니면 딸이었다.
이태원의 트렌디한 가정식 밥집 '빠르크'의 맛을
책임지는 허정희씨도 마찬가지다. 어린 시절엔
아버지로부터 도망쳐 식모살이를 했고, 무능한
남편 대신 집안 건사하느라 하숙집 아줌마 되기
를 마다하지 않았으며, 식당 해보고 싶다는 큰
아들 등쌀에 결국 한식당 주방까지 맡고 있으니
말이다. 매 순간 자기 삶의 주인공이었던 허씨의
인생을 들여다봤다.

사업가인 허씨의 아버지<sub>허명규 · 1913~99</sub>는
정말 깐깐했다. 슬하의 여섯 자녀에게 뿐만
이 아니라 매일 새벽 5시면 일어나 순천의 허
씨 집성촌이었던 매곡동 마을 사람을 다 깨우
고 다닐 만큼 엄격하기도 했다. 그러니 자기
자식이 조금이라도 잘못하면 그냥 넘어가는
법이 없었다. 이런 아버지를 잘 알기에 아이
들은 뭔가 사소한 잘못이라도 하면 집에 들어
가기가 너무 무서웠다. 그런데 허씨가 덜컥
사고를 쳤다. 아버지가 심부름 하라고 준 돈

**1952년**
전남 순천에서 6남매의 둘째로
출생.

**1962년**
8월 27일 시간당 200mm 집중폭우
로 순천 산정저수지 둑이 터져 사상자
224명 발생하고 집 1,700여 채 유실.
**부친의 담배 하치장유통물량 보관
창고 사업 하루아침에 망함.**

**1967년**
**서울로 가출. 3개월 동안 식모
살이.**
60년은 급속한 산업화로 시골 젊은
이들이 일자리 찾아 서울로 몰려들던
시기로, 어린 여자는 주로 식모살이,
60~70년대 지어진 서울 주택 · 아파
트 부엌 옆엔 식모 사는 방 하나씩 있
었음.

**1973년**
**보따리 장사 시작.**
60~70년대 미제 · 일제가 귀하던 시
절 미군 PX 등에서 흘러나온 화장품이
나 약 · 의류 등을 판매. 특히 시골에서
는 온갖 잡화와 생필품을 팔기도 함.

**1977년**
70년대 아파트 대량 건설로 부동산
투기 본격화, 전국 158개 지역이 부
동산투기지역으로 고시.

**1978년**
**신림동에서 하숙집 운영 시작.**
70년대 서울 유학 온 대학생에게 숙
식 · 빨래 등을 제공하는 하숙집 대중화
60년대까지는 단독주택 건설 활기. 우
이동 · 불광동 · 북가좌동 등에 100호
이상 내규모 단독주택 단지가 건설.

**1979년**
**결혼.
잠시 쉬었던 하숙집 다시 운영.**

**1985년**
**압구정동 현대백화점 개관.**
원래 이곳에서 남편이 서점 하려 했으
나 백화점이 영업에 좋지 않을 것이라
며 수원에 내, 강남특수 못누려.

엄했던 허정희 씨의 아버지 허명규 씨(1999년 작고)와 가족들. 앞줄은 정희씨 큰아들 모과씨와 작은아들, 뒷줄은 아버지와 정희씨 남동생, 그리고 어머니(왼쪽부터).

1천원지금 돈으로 1만 원 정도을 친구들이랑 노느라 다 써버린 거다.

"중학교 2학년 무렵이었어요. 별 반찬이 없던 시절이라 집집마다 단무지를 담궈 먹었죠. 학교 가는 길에 아버지가 단무지 담글 노란 물을 사오라고 심부름을 시키는 거예요. 그런데 뭐에 씌었는지 그 돈을 다 쓴 거예요. 놀 땐 신났는데 막상 집에 가려니 덜컥 겁이 났죠."

버스 차비가 15원 하던 시절, 어마어마한 사고를 쳤다는 생각에 도저히 집에 갈 엄두를 못 내고 일단 친구 집에 갔다. 거기서 하룻밤 자며 친구를 꼬드겼다. 서울 가서 돈 벌자고 말이다. 그리곤 나중에 갚겠다며 친구 언니에게 돈을 빌려 다음날 친구와 둘이 새벽 기차를 타고 서울로 갔다. 아는 사람이라곤 서울서 직장 다니던 오빠뿐이었다.

### 열다섯 소녀, 식모살이의 추억

물어물어 서울역 근처에 있다는 오빠 하숙집에 찾아갔다. 하지만 오빠가 고향으로 내려갔다는 소식만 전해들을 수 있었다. 하숙집 아주머니는 "차비 줄 테니 어서 집으로 돌아가라"고 했지만 "집에 가면 아버지한테 맞아 죽는다"며 버텼다. 고집을 꺾지 못한 아주머니는 결국 식모 자리를 알아봐 줬다. 열다섯 소녀는 그렇게 1967년 다른 많은 소녀가 그랬듯 식모가 됐다.

60년대는 근대화와 산업화가 시작되며 많은 젊은이가 서울로 몰려들던 때다. 변변한 일자리가 없는 것은 물론 먹고 살기도 힘들었던 시골에서는 입 하나라도 덜기 위해 아직 어린 딸을 일부러 서울로 보내기도 했다. 아무 기술도 없고 제대로 교육도 못 받은 숱한 소녀들은 공장 여공이 되거나 버스안내원을 하고, 아니면 식모살이를 했다. 월급이 많지 않았지만 먹여주고 재워주는 식모 밖에는 선택할 수 없는 사람도 많았다. 참, 이젠 사라지다시피한 식모란 단어는 갓난아이 키우고 밥 하고 청소하는 만능 살림꾼을 말한다. 요

가출했던 중2 시절 즈음의 허정희 씨(오른쪽).

1997년
부동산 호황으로 오피스텔 등 다양한 주택임대사업 활성화. 주택임대사업이 확실한 재테크 상품으로 자리매김.

1998년
계모임으로 3억 원 손해.

2001년
5층 건물 짓고 원룸 운영 시작.
90년대 후반 개인주의 성향이 강해진 대학생을 상대로 원룸 등장, 2000년대 넘어서면서 대학가 기본 주거형태로 자리 잡음.

2013년
신림동 집 팔고 봉천동 이사. 큰 아들과 함께 이태원에 한식당 '빠르크' 오픈.

2014년
신세계 백화점 본점에 빠르크 개점.

**109**

즘의 입주 가사 도우미와 비슷하지만 제대로 대접을 못 받았다는 차이가 있다.

"그때 친구는 보광동 철물점으로 식모 살러 갔고 난 남대문 근처에 있는 남창동의 한 부잣집에 갔어요. 하숙집 아주머니가 모나미 볼펜 만드는 사장이용섭 부모님 댁이라고 하더라고요."

처음 해보는 남의 집살이였지만 힘들기는커녕 좋기만 했다. 당시 사람대접 못 받으며 식모살이 하는 사람도 많았지만 허씨는 그 집 딸을 언니라고 부르며 친하게 지낼 정도로 잘 지냈다. 그 언니는 뜨개질 솜씨가 워낙 좋아 백화점에 스웨터를 납품할 정도였는데, 그 언니 심부름이 주된 업무였다. 그런데 3개월쯤 지났을 때 언니가 갑자기 한 팔을 못 쓰게 됐다. 그 집에서 딱히 할 일이 없어진 거다. 결국 고향으로 돌아갔다.

"혼날까 봐 잔뜩 겁을 먹었는데 아버지가 그새 많이 부드러워졌더라고요. 그렇게 엄한 아버지에게도 어린 딸의 가출이 충격이었나 봐요. 집으로 돌아갔지만 학교는 다시 못 갔어요. 가출했다는 소문이 이미 다 났는데, 자존심에 못 다니겠더라고요."

### 스물 하나 처녀, 미제 파는 보따리 장사꾼 되다

그렇게 6년을 집에서 특별히 하는 일 없이 지내다 22살 때인 73년 다시 서울로 향했다. 장사를 해보지 않겠느냐는 친구의 제안이 솔깃했기 때문이다.

"친구의 남자친구가 미군부대 PX매점에서 일하는데 거기 화장품을 떼어다 줄 테니 보따리 장사를 해보지 않겠느냐고 하더라고요. 미제

라면 다들 무조건 좋아하던 시절이었어요. 게다가 지방에는 미제 파는 가게가 없어 보따리 장사 인기가 좋았거든요. 지금도 생각나요. 이태원의 한 다방에 앉아서 물건을 받았죠. 나중에 알고 보니 그 남자 순 사기꾼이었어요. 순천에 내려가 친구들한테 팔려고 했더니 다 가짜라고 아무도 안사더라고요."

일단 시작한 만큼 쉽게 포기하지는 않았다. 물어물어 다른 거래상을 찾았고 결국 정품을 공급해주는 곳을 뚫어 장사를 시작했다. 큰 여행 가방에 화장품과 커피, 양주를 팔았다. 한 달에 20만~30만 원은 벌었다. 당시 한 달 하숙비가 2만 원이었으니 꽤 큰돈이다. 그렇게 서울과 순천을 오가며 5년을 일했다.

"이게 돈은 됐지만 불법이라 경찰한테 검문을 많이 당했어요. 경찰은 큰 짐 갖고 있는 사람만 보면 따라가서 검사도 하고 그랬죠. 운이 좋아 한번도 안 걸렸는데 5년째 되던 해에 딱 걸린 거죠. 그래서 그만뒀어요."

## 스물여섯 노처녀, 대학생들의 하숙집 엄마로

여자 나이 스물여섯. 지금은 오히려 어리다는 소리를 들을 수도 있겠지만 당시만 해도 주변에서 다 걱정하는 심한 노처녀 축에 속했다. 노처녀가 하는 일도 없으니 아버지 걱정이 이만저만이 아니었다. 게다가 딸 입에서는 "결혼할 생각은 없고 혼자 서울에 살겠다"는 선언까지 나오니 말이다.

"주변에 결혼한 언니나 친구를 보면 별로 행복해 보이지 않는 거예요. 늘 식구가 먼저고 나 자신은 없었죠. 그게 굉장히 초라하고 고생스러워 보였어요."

장사할 때 돈은 많이 벌었지만 그만큼 쓰기도 많이 썼다. '내가 번 돈 내가 쓴다'며 명동에서 살롱 신발 신고 집에 갈 땐 그 비싼 초콜릿도 선물로 사갔다. 그러니 돈이 모일 리가 없었다. 아버지는 노처녀가 돈까지 없으면 안된다며 "집 하나 사줄 테니 먹고 살 방법을 찾아보라"고 했다.

그때 문득 서울대가 떠올랐다. 최고의 대학이니 근처에서 하숙 하면 먹고 사는 데 큰 지장은 없을 거라 생각한 거다. 그렇게 78년 신림동에 방 7개짜리 이층집을 샀다. 하숙비 2만 원씩 받으며 방 6개를 하숙을 줬다. 어릴 때부터 손맛 좋은 할머니 솜씨를 보고 자란 덕에 음식도 곧잘 했다.

"당시엔 하숙집에서 도시락도 싸줬는데 우리 집엔 법대생이 많아 늘 도시락을 두세 개씩 싸줬어요. 옷은 물론이고 운동화까지 다 빨아줬고요. 사실 그 대학생들이랑 나이 차이도 별로 안 났는데, 그래도 엄마 같은 존재였죠."

### 스물여덟 아내, 가족 생계를 책임지다

시간 나면 책 읽고 맛있는 음식점 찾아다니며 자유롭게 살았다. 그러다 79년 7남매의 장남이던 34살 노총각과 중매로 만나 28살에 결혼을 했다. 혼자 살겠다고 마음먹었지만 키 177㎝의 체격 크고 남자답던 남편에게 단번에 마음을 빼앗겼다. 자기 부모에게 잘하는 모습이 좋아 보였다. 게다가 꽤 사는 집처럼 보였다. 하지만 착각이었다. 시아버지는 중절모 쓰고 백구두 신으며 멋만 부리던 한량이었다. 알

하숙집 하던 20대 후반에. 대학생들 엄마 노릇 하는 틈틈이 여느 20대처럼 꾸미고 여행을 즐기기도 했다.

고 보니 시어머니가 생활을 책임지고 있었다. 전셋집 정도는 해줄 거라 믿었는데 신접살림으로 월세집밖에 못 해줄 형편이었던 거다. 결혼 당시 국회의원 홍성우 의원 사무실에서 일하던 남편은 결혼 뒤 수원에 헌책방을 차렸다.

"사실 그때 돈 벌 기회가 있었어요. 85년대 압구정동 현대백화점이 개점하기 직전에 그 근처 서점을 인수할 기회가 있었거든요. 그런데 남편이 백화점이 생기면 서점엔 별로 안 좋을 것 같다며 안 하겠다고 하더라고요. 그때 거기만 들어갔어도 강남 특수를 누렸을 텐데 말이죠."

벌이가 시원찮은 남편만 믿고 있을 수는 없었다. 할 수 없이 결혼할 즈음 잠시 쉬었던 하숙을 다시 쳤다. 아들 둘이 초등학교 들어갈 때까지 방 한 칸에서 온 가족이 살며 다른 방엔 하숙생을 들였다. 이때 허씨 모자母子 얘기는 작가 조성기가 90년 창작과비평에 발표한 『우리 시대의 하숙생』이란 단편 소설에 등장한다.

"데모 하다 잡혀 가서 고초를 치른 서울대 철학과 학생이 있었는데 당시 초등학교 3학년이던 우리 아들 데리고 매일 이런저런 얘기를 하더라고요. 당시 우리 동네에 살던 조성기 작가한테 이 얘기를 했더

니, 그 얘기를 소설로
쓴 거예요."

**마흔 여섯 계주, 돈
날리고 원룸 주인 되다**

90년대까지도 계는
서민의 목돈 마련용
수단으로 웬만한 금
융회사보다 더 강력
한 힘을 발휘했다. 활
달한 데다 맺고 끊는
게 확실한 성격 덕분
에 허씨는 늘 계모임
을 주도했다.

"어릴 때부터 사업하는 아버지를 보고 자라서인지 약속을 하면 반
드시 지켰어요. 그래서 신용이 확실했죠. 90년 즈음부터 계모임을 했
는데 500만 원짜리부터 시작해 나중엔 5천만 원짜리 계도 했죠. 한때
'허정희가 은행보다 더 확실하다'는 말까지 들을 정도였어요."

하지만 늘 좋기만 했던 건 아니다. 98년 외환위기 때 계모임 4개를
하고 있었는데 앞 순번이 돈 타서 도망가는 바람에 무려 3억 원이나
손해를 보게 생겼다. 계주로서 책임을 져야 했다. 있는 돈은 물론 은
행 대출까지 받아 겨우겨우 돈을 메꾸었다.

"그때 완전히 망했다고만 생각했죠. 그런데 사람이 죽으라는 법은

엄마 손 맛을 컨셉트로 한 한식당 '빠르크'를 함께 운영하는 허정희 씨와 아들 박모과 씨. 생계를 책임지던 엄마에게 활력을 불어넣어 주던 꼬맹이가 어느 덧 자라 이젠 엄마의 키를 맞추기 위해 다리를 굽힐 만큼 장성했다.

없나 봐요. 아는 분이 땅 판 돈을 선뜻 빌려 줬어요. 평소 내 모습을 보고 믿어준 거죠. 그 돈으로 원룸을 지어서 다시 시작할 수 있었죠."

2000년대에 들어서자 신림동에도 변화가 찾아왔다. 다른 대학가처럼 이곳에도 하숙 대신 원룸 바람이 분 거다. 2층 주택을 다들 4~5층으로 올려 원룸으로 만들었다. 그도 집 바로 앞에 땅을 사 5층짜리 건물을 지었다.

"신림동에 가면 세월이 얼마나 흘렀는지 실감할 수 있죠. 옛날엔 다 산이었고 우리 집에서 조금만 가면 개울이 있어서 동네 사람들이랑 도시락 싸들고 가서 애들 눕혀서 재워놓고 놀며 빨래하며 그랬거든요. 지금은 다 원룸밖에 없어요."

## 예순 둘, 아버지처럼 다시 일어서는 삶

중앙일보 연재만화 왈순아지매
(1955년, 정운경)

한차례 고비를 넘겼지만 결국 지난해 비슷한 일이 또 생겼고, 돈을 갚기 위해 30년 넘게 살아온 신림동 집까지 지난해 팔았다. 아버지가 남긴 유산이자 젊은 시절이 고스란히 담긴 바로 그 집을 말이다.

하지만 담배 하치장 사업으로 큰돈을 만지다 62년 산정저수지 둑이 무너지는 바람에 쫄딱 망한 아버지가 건축업으로 다시 재기한 것처럼 그도 다시 일어서는 중이다. 큰아들 박모과<sup>본명 박성우</sup>씨가 2013년 시작한 한식당 '빠르크'의 총주방장을 맡아 또 새로운 도전을 하고 있다.

"엄마 돈 받아서 세계 여기저기 여행하며 자기 하고 싶은 일 하던 아들이 느닷없이 엄마표 밥집을 한다니 처음엔 황당했죠. 하지만 어째요. 아들이 해보고 싶다니 도와줘야죠. 요리법 가르쳐주고 계속 품평도 해줬죠. 다행히 반응이 좋아 올해 초 신세계 백화점 본점까지 입점하게 됐어요."

백화점 입점만으로도 기분이 으쓱해지지만 특히 신세계라 제안을 받고 더 기뻤다고 한다. 80년대부터 자주 드나들던 곳이기 때문이다.

"그땐 고객이었지만 이제 직장이 됐으니 기분이 묘하죠. 이젠 내가 고객 시중들어야 하니, 어떻게 보면 어릴 때처럼 식모살이를 한다고 해야 하나요."

말은 이렇게 하지만 매일 출근할 정도로 열정적으로 일한다.

"내가 만든 음식을 아들과 함께 팔고 있으니 더 할 수 없이 좋아요. 그리고 이렇게 일하다보면 언젠가 내 집을 다시 찾을 날이 오지 않겠어요."

# 과외 한다고 잡아가던 시절
# 운 좋게 풀려난 건…

한국의 높은 교육열, 아니 과도한 사교육 열기는 대체 언제 시작된 걸까.
1980년 정부의 과외금지 조치까지 나온 걸 보면 이미 70년대에 사교육의
폐해가 만만치 않았을 거라는 건 익히 짐작할 수 있다. 하지만 입시를 위한
학원은 그보다 훨씬 이전인 50년대로 거슬러 올라간다. 그야말로 호랑이
담배 피우던 시절 학원 강사와 고등학교 교사를 거쳐 지금의 노량진 학원
가를 일군 중앙학원(현 하늘교육) 서진근 회장을 만나 한국 사교육업계의
흥망성쇠사를 돌아봤다.

## '수포자'였던 장안 최고의 수학 선생

일제 때인 1935년 세 남매 중 막내로 태어난 서진근 회장은 서울 돈암동에서 자랐다. 친구들보다 1년 먼저 학교에 들어가 소학교 <sub>현 초등학교</sub> 5학년 때 광복을 맞았다. 아버지 서종균<sub>1904~89</sub>씨는 한 버스여객 회사에 근무하다 광복 후 일제가 설립한 상호은행 명동지점 대출부 계장<sub>현재의 부장급</sub>으로 재직했기 때문에 서회장 가족은 경제적 형편이 꽤 좋았다. 경동중·고 인근 ㄷ자 한옥집에서 살았는데, 마당은 넓고 방은 5개나 됐다. 하지만 서 회장이 경동중 2학년이던 48년 시련이 닥쳤다. 아버지 보증으로 거액대출을 받은 대전의 사업가가 돈을 갚지 않고 목숨을 끊은 것이다. 아버지가 책임을 져야 했고, 할 수 없이 집을 팔아야 했다. 그날로 온 가족이 단칸방 살이를 시작했다.

가난은 학업에도 지장을 줬다. 눈이 나빴지만 안경 살 돈조차 없어 학교에 가면 눈 뜬 장님 신세였다. 그나마 지리 같은 과목은 선생님 설명만 들어도 이해할 수

## 서진근의 역사

**1935년**
황해도에서 3남매의 막내로 출생.

**1950년**
한국전쟁 발발. 12월 마산 피란 길에『알기 쉬운 대수학』으로 독학.

**1953년**
서울대 광산과<sub>현 에너지자원공학과</sub> 입학.

**1954년**
돈암동 동도시장 뒤편에 '동도학원' 차려 학업과 병행.

**1960년**
대광고 교사로 교계에 첫발. 남정국민학교 정태월 교사와 결혼.

**1961년**
동성고로 이직.

**1963년**
경기여고 강사 재직.

**1969년**
미국 유학.

**1978년**
중앙고시학원 인가증 매입해 '중앙학원' 설립하고 이듬해 노량진 이전.

**1980년**
중앙정보부의 유명 강사 긴급 체포로 하루 동안 감금.

**2013년**
중앙학원, 하늘교육탑코리아학원으로 개명.

**2014년 12월**
하늘교육, 종로학원 인수.

있었다. 문제는 수학이었
다. 칠판에 쓴 공식을 볼
수 없으니 수업을 따라가
는 게 불가능했다. 서 회
장은 "내성적이라 차마 안
보인다는 말도 못하고 맨
뒷자리에 앉아 수학은 수
업을 포기할 때가 많았다"

6·25전쟁 당시 어머니 박은순(가운데) 씨는 피란길에도 생필품보다 서
회장의 수학책을 먼저 챙겼을 정도로 교육열이 강했다. 손주들과 함께
한 어머니.

며 "고등학교 1학년 때 기
본적인 인수분해도 할 줄 몰랐다"고 회고했다. 70년대 권력 있고 돈
있는 집 사모님들이 줄 서서 찾던 천하의 수학 과외 선생 서진근이
학창시절엔 '수포자'수학을 포기한 사람였던 거다.

### 인생을 바꾼 피란길 수학책 한권

서회장이 고1 때 6·25전쟁이 터졌다. 온 가족이 경기 수원 일왕
면현 의왕시의 이모 집에 가서 6개월여를 숨어 지냈다. 제때 피란을 못
가 임시방편으로 숨을 곳을 찾은 거다. 그러던 어느 날 평소 가깝게
지내던 육군 중위 사촌 형이 찾아와 "트럭 짐더미에 사람 한 명 태울
공간이 있다"고 제안했다. 서 회장 어머니 박은순1910~99씨는 막내
아들한테 책가방 하나 들려서 무조건 트럭에 태웠다. 1·4 후퇴1951
년 1월 4일 중국 인민군 개입으로 서울에서 철수한 일를 한 달 여 앞둔 50년 12월의
일이다.

엉겁결에 혼자 부산까지 내려가 경남 마산의 고모 집을 찾아갔다.

책가방엔 생필품이 아니라 총 400여 쪽에 달하는 『알기 쉬운 대수학』정의택 저이란 고교 수학교재가 들어 있었다. 지금으로 치면 홍성대의 『수학의 정석』같은 책인데, 교육열 높은 어머니가 "전쟁 통에 혼자 살아도 공부를 해야 한다"는 소신으로 어렵게 수학책을 구해 넣은 거다.

서 회장은 "학교에 다닐 수 없으니 집에 틀어박혀 하루종일 이 책만 읽었다"며 "외울 정도로 읽고 또 읽으니 미적분부터 확률·통계까지 빠삭히 알게 됐다"고 말했다. 그의 가족은 석 달 뒤 마산에 내려왔는데 그때까지 이 책을 정확히 4번 정독했다고 한다.

때마침 피란 내려온 경동고 교사들이 부산에 임시 학교를 세웠고, 서 회장은 더 이상 독학을 하지 않아도 됐다. 서울 살 때와는 수학 실력이 완전히 달라져 있었다. 수학 시험을 보기만 하면 무조건 만 점이었다. 교사들이 "전쟁 통에 어떻게 이런 인재가 나왔느냐"고 흥분할 정도였다. 학교 명예를 위해 의대에 가라는 권유에도 불구하고 53년 당시 잠시 부산으로 와있던 서울대 공대 광산과현 에너지 자원공학과에 들어갔다. 막연히 여행 다니며 돈

**1945년**
대학별로 학생선발 자율권 주어진 '대학별 단독시험' 시행.

**1952년**
서울 1호 학원인 '중앙고시학원'이 영등포에 생김.

**1954년**
문교부, 대학별 시험 입시 부정 막고자 국가 연합고사 도입했으나 55년 대학별 시험제로 회귀.

**1961년**
대입자격 국가고시제 도입. 자율성 침해 비판 따라 64년 대학별 시험제로 회귀.

**1968년**
문교부, 사교육비 부담을 줄이겠다며 중학교 시험 제도 폐지하고 추첨제 전환.

**1969년**
전국 대입 예비고사제도 도입. 각 대학이 본고사를 어렵게 출제하는 바람에 고액 과외와 입시·재수학원 급증.

**1974년**
서울 고교평준화 실시. 고입 시험 폐지하고 학군제에 의한 추첨 배정으로 사교육 열풍 다소 주춤.

**1978년**
건설부現 국토부, 수도권인구재배치계획 시행으로 명문고 및 학원 서울 사대문 밖 이전. 휘문고 등 명문고들이 강남 이전.

**1980년**
과외전면금지.

도 많이 벌 수 있다고 생각했기 때문이다.

### 학원과 학교를 휘어잡은 수학의 신

전쟁이 끝난 후 가족들은 서울로 다시 돌아와서도 생계는 어려웠다. 물론 다들 힘들던 시절이기도 했지만 특히 그의 아버지가 대출 사고를 냈다는 소문이 쫙 퍼진 탓에 아버지를 받아주는 곳이 없었던 거다. 나중에 홍익대 미대를 나와 미술교사가 된 네 살 위 형은 당시엔 돈 못 버는 직업군인이라 막내아들인 서 회장이 가족의 생계를 책임져야 했다.

사실 서 회장은 별로 어렵지 않게 돈을 벌 수 있었다. 쟁쟁한 수학 실력, 게다가 서울대생이라는 간판까지 있었기 때문이다. 대학 2학년 때인 54년 서대문의 한 학원에서 고교생을 가르치는 수학 강사를 했다. 이때부터 '수학은 서진근'이라는 명성이 싹 트기 시작했다. 입소문이 나 돈을 좀 만지게 되자 55년에 아예 돈암동에 동도학원이라는 학원을 직접 차려 대학 졸업 때까지 학업과 병행했다. 당시 이 학원 수강생 중엔 나중에 총리 후보자로도 올랐던 장상 전 이화여대 총장도 있었다. 서 회장은 "학업에 집중할 수 없으니 성적표가 C와 D로 가득 찰 정도로 학점이 형편 없었다"고 말했다. 게다가 사업수완도 좋지 않아 빚만 잔뜩 지고 학원을 다른 사람에게 넘겼다.

하지만 이때 키운 수학 강의 실력 덕분에 교원 자격증 없이 고교 교사로 취업할 수 있었다. 대학 졸업 후 군 전역을 두 달 앞둔 60년 1월 친분이 있던 목사의 추천으로 미션스쿨인 서울 대광고 교사가 됐다. 여기서 동갑내기인 용산 남정국<sup>현</sup> 남정초 교사였던 아내 정태월

씨와 만났다. 정씨는 당시 한 판사와 약혼한 사이였지만 우연히 만난 서 회장에게로 마음을 돌렸고, 이후 두 사람은 사남매를 함께 키웠다. 1년 남짓 짧은 대광고 교사를 거쳐 이후 동성고1961~62년와 경기여고1963~69년에서도 학생을 가르쳤다.

경기여고 선생을 하게 된 사연이 재밌다. 대학 은사인 박경찬 교수가 "기왕 하려면 명문학교에서 하라"며 박정희 대통령 사촌 처남의 아내인 당시 경기여고 주월령 교장에게 데리고 갔다. 알고 보니 주 교장이 서 회장 어머니와 경북여고 전신인 대구공립여자고등보통학교 동창이었다. "너 내일부터 경기여고로 나와라." 경기여고에서 그는 실력을 유감없이 발휘했다. 그가 일본 입시문제를 번역해 만든 『경향과 대책』은 『수학의 정석』만큼 유명했다. 심지어 교장 부탁으로 그 집 아들을 가르칠 정도였다.

### '노량진의 기적'

경기여고에 재직하며 번 돈으로 짧은 미국 유학 생활을 마치고 명지대에서 잠시 강사를 하다 78년 본격적으로 학원을 시작했다. 당

**1981년**
학력고사 시행.

**1994년**
대학수학능력시험수능 도입.

**1997년**
대입 대학별 논술고사 부활.

**2000년**
헌법재판소, 과외금지법학원 설립·운영에 관한 법률 위헌 결정으로 20년만에 폐지.

**2001년**
외국어고 설립·인가 권한이 교육부에서 시·도교육청으로 이관. 외국어고 비롯 특목고 열풍.

**2009년**
이명박 정부, 자율형사립고자사고 도입.
대원·영훈중 국제중 신입생 받아2011년에 국제중으로 개명.

**2014년 9월**
'공교육 정상화 촉진 및 선행규제에 관한 특별법'선행학습 금지법 시행.

※교육부 명칭 변경 (출처: 교육부)
　1948년 문교부
　1990년 교육부
　2001년 교육인적자원부
　2008년 교육과학기술부
　2013년 3월~ 교육부

시 학원을 하려면 정부로부터 인가를 받아야 했는데 경쟁이 워낙 심하다보니 쉽게 학원 인가증을 받을 수 없었다. 그는 할 수 없이 영등포의 검정고시 학원인 '중앙고시학원' 인가증을 3천만 원 주고 샀다. 여기에 보증금 3천 500만 원에 월세 200만 원씩 내고 중앙학원으로 이름을 바꿔 아내와 함께 운영했다. 그때는 값이 싸 인수했는데 나중에 알고 보니 한국전쟁 당시 세워진 서울 시내 1호 학원이었다. 그래서 지금도 서울시 교육청엔 서회장의 하늘교육탑코리아 학원이 1호 학원으로 등록돼 있다.

이번에도 학원 경영은 녹록치 않았다. 60년대부터 이미 학원가를 꽉 잡았던 대성·종로학원의 명성을 따라잡기엔 역부족이었다. 서 회장은 "강사 실력과 학원 운영은 별개 문제"라며 "직원 월급도 못 줄 정도로 어려워 폐업까지 고민했다"고 기억했다. 고민 끝에 6개월 만인 79년 2월 노량진역으로 옮겼지만 이곳에서도 어렵기는 마찬가지였다. 인건비를 포함해 매달 1천만 원이나 손해를 봤다.

그런데 뜻밖에 호재가 생겼다. 같은 해 건설부<sup>현 국토교통부</sup>가 "도심 혼잡을 유발 한다"며 각 학원의 사대문 밖 이전을 명령한 것이다. 대성학원을 비롯해 유명 학원이 교통 편리하고 임대료까지 저렴한 노량진으로 몰려왔다. 당시 대성학원은 입학시험까지 받으며 재수생을 받을 정도로 유명했는데, 대성학원에 떨어진 학생 수천여 명이 중앙학원을 비롯한 인근 중소 학원에 몰렸다. 서 회장은 "대성학원 못 간 학생을 상대로 열심히 홍보 해가며 데려왔다"며 "이때부터 매달 7천만~8천만 원 흑자를 볼 정도로 매출이 급증했다"고 했다. 당시 노량진 학원가에서는 '노량진의 기적'이라며 아직까지 이때 얘기가 회자

될 정도다.

## 중정에 끌려간 '영어의 이정, 수학의 서진근'

전두환 정권의 5공화국이 출범한 80년은 한국 현대사에 많은 일이 벌어진 해다. 과외금지조치도 이 해에 시행됐다. 당시 한 언론에 '서울대 가려면 서진근을 잡아라'는 기사가 실릴 정도로 그의 유명세는 대단했다. 과외금지조치 직전까지 학원장 신분으로 권력자와 재벌가 자녀들을 대상으로 개인과외를 했다. 모두 거절할 수 없는 쟁쟁한 집안에서 온 요청들이라 하루에 90분씩 총 13팀이나 맡을 정도였다. 서회장은 "솔직히 너무 피로하던 차에 강제로 과외를 없애니 오히려 마음이 가벼워졌다"고 말했다.

하지만 뜻하지 못한 불똥이 튀었다. 당시 서슬퍼랬던 중앙정보부가 유명 과외 강사를 닥치는 대로 잡아들인 거다. 당시 영어는 이정

이후 미국 이민을 가 한국에선 소식이 끊어졌다, 수학은 서진근으로 통할 정도였으니 당연히 서 회장이 이 사태를 피해갈 수 없었다. 그는 "동네 목욕탕에서 때를 미는데 주인이 황급히 들어와 '밖에 당신 찾는 사람들이 있다'고 하더라"며 "옷가지를 주섬주섬 챙겨 목욕탕을 나서보니 중앙정보부 직원이 기다리고 있었다"고 했다.

긴급 체포돼 죄수복을 입고는 용산 서빙고의 한 건물의 독방에 갇혔다당시 중앙정보부는 남산과 이문동 등에 흩어져 있었고, 서빙고에는 국군보안사령부(현 국군 기무사령부)가 있었다. 누군가 10여 장이나 되는 종이뭉치를 던져주고는 "직접 자녀 과외를 한 유명 정치인과 재벌 총수 이름을 모조리 채우라"고 했다. 쥐도 새도 모르게 얼마나 큰 고초를 겪게 될까, 상상하기도 싫었다. 그런데 잡혀간 지 하루도 되지 않아 새벽 2~3시쯤 풀려났다.

나중에 알고 보니 서 회장이 풀려나게 된 건 전두환 전 대통령 부인 이순자 씨와 아내와의 인연이 작동했다. 남편이 잡혀갔다는 소식을 듣자마자 아내가 이 씨를 찾아가 읍소한 거다.

### "교육엔 낙오자 없어야"

서 회장은 여든의 나이에도 아직 학원경영에 나서고 있다. 물론 대표는 현재 둘째 아들 진원씨가 맡고 있지만 중요한 사항의 최종 결재는 아직 서회장이 한다. 인천1994년, 강남2001년 · 서초구 서초동, 강북2006년 · 성북구 안암동, 송파2008년 · 강동구 성내동에 분점을 내는 등 사업 확장도 모두 그의 판단 아래 진행됐다. 중앙학원이 2013년 진원 씨가 1999년 초 · 중생 대상으로 문을 연 하늘교육 학원에 흡수 · 통합돼 하늘

교육탑코리아 학원으로 이름을 바꾼 것도 역시 마찬가지다지난해 51년

전통의 종로학원을 인수했다.

이렇게 사업이 승승장구하는 동안 자녀 교육도 성공했다. 진원 씨 외에 다른 삼남매는 각각 병원장, 유치원장, 성악가로 활발히 활동하고 있다.

그는 "과외 선생 덕"이라고 말했다. "교육 사업에 힘을 쏟아 붓느라 정작 내 자녀교육은 신경을 못 썼어요. 하지만 아내가 과외교사 데려다가 한 명 한 명 꼼꼼히 가르쳤지."

아무리 사교육업계에 평생을 몸담았다지만 좀 지나친 자기 업계 홍보 아닐까.

그러나 그는 교육엔 한 명의 낙오자도 없어야 한다는 것, 그러기 위해 사교육을 동원하는 건 오히려 긍정적이라는 뚜렷한 교육철학을 내비쳤다.

"다들 사교육이 지나친 교육열을 조장한다고 하지. 하지만 과외나 학원이 긍정적 역할도 충분히 한다고 봐. 재수생이 이른 아침부터 저녁 늦게까지 학원에 지내면 사실 그 자체로 탈선을 못하도록 통제하는 기능을 하거든. 우리나라가 후진국에서 지금처럼 사실상 선진국 대열에 오르게 된 것도 교육열 덕분 아니겠어."

# 서태지 · 이승환 · 임재범의 공통점?
# 그에게 퇴짜 맞은 '전설'

K팝 위세가 대단하다. 싸이의 강남스타일은 더 말할 것도 없다. 팝의 본
고장인 영국 · 프랑스에서도 한국 아이돌 그룹 콘서트에 관객이 구름같이
몰린다. 이런 모습을 뿌듯해하는 게 아니라 오히려 안타깝게 바라보는 이
가 있다. 1980~90년대 대중음악계 대부로까지 불렸던 동아기획 김영 대

표다. 그는 "음악은 보고 즐기는 대상이 아니라, 듣고 사유하는 콘텐트"라 말한다. 화려한 퍼포먼스로 현혹하는 요즘 한국 가요는 세대를 뛰어넘는 깊은 감동과 공감을 불러일으킬 수 없다는 얘기다. 80~90년대 김현식 · 들국화 · 빛과 소금 · 시인과 촌장 · 한영애 · 박학기 · 이소라 등 한국 대중음악사를 빛낸 명반을 빚어낸 김 대표와 함께 우리 가요사를 되돌아봤다.

## 수준 미달이었던 가요

김 대표 첫 직업은 통기타 강사였다. 대학에 다니던 70년대엔 장발 머리에 통기타 멘 모습이 젊음의 상징이었을 정도로 전국에 기타 강습 바람이 불었다. 경희대 작곡과에 다니던 김 대표는 당시 대학가에서 이름깨나 날리던 기타 명강사였다. "학생들이 엄청나게 몰려들어서 서울 충정로, 정동, 합정동 로터리 3곳에 기타 학원을 차렸어요. 돈을 갈퀴로 긁어모았던 시절입니다." 1974년, 그러니까 스물다섯 살 때부터 기사가 모

시인촌장

## 한국대중가요의 역사

### 1925년 즈음
일본 음반사 닛지꾸日蓄, 박채선 · 이류색의 「이 풍진 세월」, 안기영의 「내 고향을 이별하고」, 김산월의 「장한몽가」 등 일본 번안곡 수록한 국내 첫 음반 발매.

### 1927~28년
닛지꾸, 윤심덕의 「사의 찬미」, 이정숙의 「낙화유수」, 채규엽의 「봄노래 부르자」 등 한국 가수 음반 대거 취입.

윤심덕

### 1930년대 중후반
음반산업 · 라디오 성장. 이난영의 「목포의 눈물」, 남인수의 「애수의 소야곡」, 황금심의 「알뜰한 당신」, 김정구의 「눈물 젖은 두만강」 등 트로트 인기.

### 1950년
한국전쟁 발발로 현인의 「전우여 잘 자라」, 신세영의 「전선야곡」 같은 전쟁 가요 유행. 전쟁 아픔 담은 이해연의 「단장의 미아리고개」54년도 인기.

### 1954년
미도파음반지구레코드의 전신 설립.

### 1957년
「엘레지의 여왕」 이미자 데뷔지구레코드.

는 차를 타고 다닐 정도였다.

정통 클래식을 전공했지만 클래식보다 팝송, 팝보다는 가요에 더 관심이 갔다. 대중 가수로 활동하고픈 마음도 있었다. 송창식·김세환·윤형주 등 통기타 가수들이 최고 인기를 구가하던 때라 김 대표도 가수의 꿈을 잠시 꿔보기도 했다. "그런데 한계가 보였어요. 가수가 노래 실력만으로 승부하는 게 아니라, 홍보를 위해 방송국에 로비하는 모습에 실망한 거죠. 그래서 가수의 꿈은 일단 접었죠."

차선책으로 택한 게 레코드 가게다. 78년 아내 이름을 딴 '박지영 레코드'라는 간판을 내걸고 음반을 팔기 시작했다. 광화문 등 번화가 3곳에서 가게를 운영하다 특이한 상황을 감지했다. "손님들이 팝송이나 클래식 음반은 사면서 가요 음반은 절대 안 사가는 거예요. 팝·클래식 음반 판매율이 85~90%고, 가요는 10~15%밖에 안되요. 레코드 가게 하기 전엔 전혀 몰랐던 사실이었어요."

김 대표는 이때부터 매일 손님을 상대로 설문조사를 했다. "이 음반을 왜 사는지, 어떻게 알게 됐는지, 어떤 기준으로 음반을 고르는지, 딱 3개만 물었어요. 78년부터 82년까지 조사하니 확실한 답이 나오더라고요." 손님이 알려준 답은 의외로 간단했다.

"한마디로 '한국 음악은 후지다'는 거예요. 소리는 얄팍하고 편곡은 촌스럽고…. 결과적으로 가요 사운드를 팝이나 클래식처럼 풍성하고 세련되게 만들면 사겠구나, 하는 확신이 들었어요."

### 김현식과의 첫 만남
팝과 클래식 이상의 감동을 주는 사운드를 만들어내기.

동아기획은 출발부터 좋은 소리 구현에 집중했다. 간단한 일은 아니었다. 연주와 노래 실력을 갖춘 뮤지션 발굴부터, 편곡 기법이나 녹음 기술 등 해결할 문제가 한두 가지가 아니었다. 의외로 녹음 기술은 가장 쉽게 해결됐다. 당시 팝송은 16채널로 녹음하는 데 반해, 가요는 2채널 녹음이 전부였다. 채널이란 음악을 파트별로 녹음하는 걸 의미한다. 즉 16채널이면 한 음악을 16개 파트로 구분해 따로 녹음한다는 뜻이다. 웬만한 밴드 음악은 기타 · 베이스 · 드럼 · 건반과 보컬로 이뤄지는데, 여기에 코러스 등 각종 효과음을 입힌다 해도 16개 채널이면 충분하다. 이렇게 따로 녹음한 음악을 후속 작업을 통해 최적화한 음으로 튜닝한 뒤 다시 믹싱하면 질 좋은 사운드가 탄생한다. 반면 우리 가요는 2채널, 즉 악단 연주와 가수 노래 둘만 따로 녹음했다. 그러니 악기별 소리가 제각각이고 전체

### 1950년대 후반~60년대 초반

최희준서울대 · 김상희고려대 등 고학력 가수 등장.

최희준

### 1967년

트로트 가수 남진의 「가슴 아프게」 히트 후 나훈아「천리길」 데뷔로 70년대까지 라이벌 양강 구도 형성. 자매 가수 활약. 정씨스터즈「울릉도 트위스트」, 이씨스터즈「화진포에서 맺은 사랑」, 은방울자매「삼천포 아가씨」 등.

### 1968년

신중현 작곡의 펄시스터스 「커피 한잔」「님아」 인기.

### 1969년

클리프 리차드 내한공연 당시 여고생 · 여대생이 손수건과 속옷을 내던짐.

### 1970년대

통기타 · 청바지 · 장발이 청년문화 기수로 떠오르며 명문대 출신 통기타 가수 대거 등장. 김민기 · 조영남이상 서울대 · 윤형주 · 최영희 · 박상규 · 이장희이상 연세대 · 양희은서강대 · 방의경이화여대 · 김세환경희대 등.

### 1974년

포크송 가수 듀엣 어니언스이수영 · 임창제의 「편지」, 록밴드 신중현과 엽전들의 「미인」지구레코드 인기.

**131**

사운드가 조악할 수밖에 없었다.

김 대표가 82년 동아기획을 출범할 때 때마침 미국에서 16채널과 8채널 녹음 기자재가 수입됐다. 미국 유학파 레코딩 엔지니어가 속속 한국에 돌아오면서부터다. "난 일류를 추구했어요. 이런 기자재, 기술자나 스튜디오까지 늘 최고급을 고집했어요. 그래야 제대로 된 게 나올게 아닙니까."

일류, 번 돈을 아낌없이 쏟아 부었다는 뜻이다.

이때 가장 먼저 손잡은 사람이 故 김현식이다. "1집을 다른 레코드사서라벌레코드에서 이미 내고는 크라운호텔이나 하얏트호텔 밤무대에 간간히 서서 노래하고 그러던 때였지. 누구 소개로 내 사무실에 들어와서 내 앞에 딱 앉는데 '이거 물건이다'라는 감이 바로 왔어요." 김현식과의 계약을 시작으로 조동진, 우순실 등 실력파 가수들을 영입하기 시작했다. 들국화와도 비슷한 시기에 만났다. "이태원에 신중현씨가 운영하는 '라이브'라는 클럽이 있었어요. 거기서 들국화 노래를 들었는데 이건 완전히 재야의 고수, 무림 지존을 만난 기분이었어요."

지금의 대표적 연예기획사인 SM이나 YG, JYP는 오디션을 통해 소속 가수를 선발한다. 당대 최고로 불렸던 동아기획 김영 사단은 '감' 하나로 끝이었다. "난 오디션 한 번도 안봤어요. 그냥 딱 보면 알아요. 또 30분 대화하면 나랑 같이 갈 수 있는지 없는지 판단이 서고요." 그가 가수를 영입할

때 던지는 질문도 정해져 있다. 지금까지 어떤 음악을 들었는지, 추구하는 음악은 무엇인지, 성공하면 뭘 하고 싶은지, 곡과 가사는 어떤 과정을 통해 완성하는지다. "물론 내용도 중요하지만 태도나 눈빛, 목소리를 들으면 진짜인지 가짜인지 다 보이지."

## 들국화, 그 전설의 시작

85년 9월 「행진」「그것만이 내 세상」「매일 그대와」 등 명곡이 수록된 들국화 1집이 나왔다. 김영 대표가 아낌없이 투자한 16채널 녹음 기자재를 십분 활용한 최초의 음반이다.

김 대표는 들국화와의 작업을 "천재와 호흡한 마법 같은 순간"이라고 표현했다. "곡을 쓸 때 오선지를 앞에 두고 악상이 떠오르면 악보를 그려 넣잖아요. 「행진」은 그렇지 않았어. 갑자기 전인권이가 내뱉는 거야. '나의 과거는 어두웠지만 나의 과거는 힘이 들었지만'

**1975년**
윤형주·김세환·신중현·김추자·이장희 등 대마초 흡연 이유로 구속당하고 활동 금지 당함.

**1976년**
조용필의 「돌아와요 부산항에」 지구레코드 빅 히트.

**1977년**
MBC 대학가요제, TBC 해변가요제 개최로 대학의 캠퍼스 밴드 대거 출연. 청년문화 주류가 포크에서 록으로 넘어가는 계기. MBC FM 강변축제 강변가요제는 79년 시작.

**1980년**
조용필의 「창밖의 여자」 지구레코드는 국내 최초의 밀리언 셀러. 조용필은 10대 '오빠부대' 몰고 다닌 국내 첫 가수. 소형 카세트 플레이어 보급 79년 소니 워크맨 출시으로 음반 시장 주 고객층이 20대에서 10대로 바뀜.

**1982년**
동아기획 설립.

**1984년**
제5회 강변가요제 대상곡인 이선희의 「J에게」 지구레코드를 시작으로 발라드 인기 시작. 이선희는 「언니부대」 몰고 다닐 만큼 신드롬. 마돈나 이미지 차용한 김완선 86년, 댄스 그룹 소방차 87년, 마이클잭슨 본뜬 박남정 88년 등 댄스가수 등장도 발라드 인기 못 꺾어.

**1985년**
록그룹 들국화 1집 동아기획 30만장 판매.

이렇게. 그럼 옆에서 듣던 ≡성원이가 베이스를 붕붕 치고 들어와.
거기에 ≡찬권이가 드럼을 두둥탁 치기 시작하는 거야. 거기가 녹음
실이니까 이렇게 막 보컬과 악기가 치고 빠지고 하는 걸 다 녹음했다
다시 들어봤는데, 소름이 확 끼쳤어." 즉흥적으로 내뱉은 노랫말에
즉석 연주가 쌓이고 쌓인 걸 가다듬어 「행진」을 완성하고 악보는 맨
마지막에 그렸다. "들국화는 그런 엄청난 내공이 쌓인 친구들이었어
요."

  음악은 자신 있었지만 문제는 홍보였다. 동아기획은 '얼굴
없는 가수'를 둔 곳으로 유명했다. TV 출연을 안했기 때문
이다. "당시 가요 대세는 트로트였다고. 우리는 스스로
비주류로 노선을 정했어요. TV 출연을 거부하고 음악
성으로 승부하면서 주류 세계에 경종을 울리는 역할을
하고 싶었거든."

  TV 대신 대중과 소통할 수 있는 통로를 찾기 위해 회
의를 거듭했다. "누군가 콘서트를 하고 싶다는 거야. 콘
서트라…. 그때까지 우리나라엔 콘서트란 개념 자체가 없
었어요. 리사이틀이나 극장쇼가 전부였다고."

  콘서트를 제대로 구현하기 위해 퀸의 라이브 공연 실황 비디오테
이프를 늘어지도록 돌려봤다. "무대 장치부터 조명, 불러야하는 레
퍼토리, 관객과의 토크, 1부와 2부의 구성 같은 걸 샅샅이 메모하면
서 봤어요. 서른 번쯤 봤나. 그제야 감이 좀 오더라고."

  대학로 샘터파랑새극장을 찾아가 한달 치 대관료부터 지불했다.
무대와 조명, 음향도 직접 체크했다. "엔지니어들도 처음이라 모르

는 거야. 자꾸 리사이틀처럼 꾸미려고 해. 왜 현란한 조명 달고 사회자가 진행하듯 하는 방식 있잖아요. 들국화랑 내가 그린 그림은 그게 아니었지. 실내를 어둡게 하고 핀 조명으로 보컬과 세션 한 명 한 명에게 포커싱하는 방식이었단 말이죠."

리허설을 매일 했다. 열흘쯤 지나자 들국화 입에서 "자신 있다"는 말이 나왔다. 그제야 표를 팔았다. "처음에 30장 나갔던 거 같아. 원래 200명 들어오는 곳이었는데. 난 그것도 대단한 성공이라고 생각했어요." 그렇게 첫 공연이 끝나자 입소문이 나기 시작했다. 며칠 지나지 않아 객석은 만원이 됐다. 음반은 더 불타났다. 85년 9월 10일 콘서트를 시작하고 3개월 만에 30만 장이 팔렸다. "진짜 날개 돋힌 듯 나갔다니까. 완전 터진 거야. 들국화가 터지니까 그 전에 만들어둔 김현식 2집, 우순실이랑 조동진 1집도 줄줄이 팔려나가기 시작해요. '잘 만든 가요, 내가 해냈다' 소리치면서 신나서 남산을 뛰어다녔다고."

**1986년**
김현식 3집 「비처럼 음악처럼」 동아기획 30만 장 팔리며 얼굴 없는 가수로 인기. 90년 사망 후 91년 「내 사랑 내 곁에」를 타이틀로 한 유작음반이 200만 장 판매.

**1988년**
신해철의 무한궤도, 「그대에게」로 대학가요제 대상.

**1989년**
가수 이수만, SM기획 설립.
가수 이승환 데뷔. 가수로서는 이례적으로 1집부터 11집2014년까지 모든 음반을 직접 제작.

**1992년**
서태지와 아이들, 1집 「난 알아요」로 데뷔. 신세대 음악의 출현.

**1994년**
김건모의 「핑계」, 룰라의 「100일째 만남」 「내가 잠 못 드는 이유」, 디제이덕의 「슈퍼맨의 비애」, 듀스 「여름 안에서」지구레코드 등 댄스음악이 주도권.

### 퇴짜 맞은 서태지 · 이승환 · 이상은

동아기획이 한국 대중가요 지평을 넓혔다는 건 업계에서 두루 인정한다. 사실 더 중요한 건 대중음악 수준을 비약적으로 성장시킨 점이다. "80년대 초만 해도 음반 제작자 사이에 '구로공단 공순이가 좋아할 만한 쉬운 음악 만들어라'는 게 정설처럼 돌았어요. 그들을 비하하자는 게 아니라 당시 음반 제작자들 마인드가 그랬다는 거예요. 듣기 편하게 아무렇게나 만들어서 방송 몇 번 타게 해서 히트시키고 음반 판다는 생각이었지."

김 대표는 정반대 길을 걸었다. 박지영레코드 시절 고객이 진짜 원하는 것을 파악해 고집스럽게 밀어붙였고, 거짓말처럼 성공한 거다. "돈 벌었다는 것보다 잘못된 통념을 깼다는 희열이 더 컸어요. 소비자들에게 내가 새로운 선물을 줬다는 기쁨이기도 했고요."

오직 음악으로 승부한다는 작가주의로 똘똘 뭉친 동아기획이 가장 사랑한 가수는 김현식이다. 들국화 1집의 기념비적인 성공 이후 김현식 2집 「사랑했어요」와 3집 「비처럼 음악처럼」이 연달아 히트하며 동아기획은 전성기를 구가했다. 김 대표는 "아직까지 현식이처럼 노래 잘하는 사람은 본 적 없다"고 말할 만큼 그의 목소리를 아꼈다.

김현식 · 들국화 · 한영애 등 기라성 같은 선배를 흠모한 신인들은 데모 테이프를 들고 동아기획 문턱이 닳도록 드나들었다. 김 대표는 "매일같이 300

개 이상의 데모 테이프가 쌓였다"고 회고했다. "서태지나 이승환이가 나한테 퇴짜 맞았다고 얘기들을 하는데 솔직히 난 그 사람들 면담한 기억도 없어요. 그들을 놓친 아쉬움보다 손잡아주지 못한 미안함이 크죠."

88년 강변가요제 대상을 받은 「담다디」의 이상은도 동아기획을 찾았다 빈손으로 되돌아갔다. 그는 싱어송라이터로 자리 잡은 뒤 "동아기획에서 날 안 받아줘서 음악을 더 열심히 했다"고 밝히기도 했다. 임재범 역시 김 대표 거절로 다른 음반사에서 취입했다.

## 시대를 읽어야 한다

많은 대중음악 평론가들은 동아기획 쇠퇴 원인을 서태지의 등장으로 꼽는다. 92년 서태지가 등장하면서 가요계 판도가 랩과 댄스로 바뀌었는데, 동아기획이 이 시류를 읽지 못하고 언더그라운드만 고집한 게 쇠락을 불렀다는 것이다. 김 대표는 고개를 저었다. "서태지가 92년에 등장해서 세상을 삼켰지. 이후 댄스 세상이 열렸고. 그건 인정해요. 하지만 여전히 듣는 음악을 소중하게 생각하는 사람들이 남아 있잖아요. 95년 이소라 1집이 100

**1995년**
김건모의 「잘못된 만남」, 280만 장 판매로 한국 기네스북 등재. 서태지, 사회성 짙은 「시대유감」 「컴백홈」 발표.

**1996년**
서태지와 아이들 은퇴. 95년 11월 듀스 김성재 사망으로 듀스 활동도 끝나면서 주류 음악 쇠락. 아이돌그룹 H.O.T 데뷔SM.

**1997년**
걸그룹 S.E.SSM와 보이그룹 젝스키스DSP 데뷔. 이듬해 걸그룹 핑클DSP 데뷔.

**1998년**
90년에 데뷔한 발라드 가수 신승훈, 6집 앨범으로 아시아 최단 기간 1,000만 장 판매 돌파 기록.

**1999년**
H.O.T가 국내 가수 최초로 서울 올림픽 주경기장에서 콘서트 개최하며 아이돌 그룹 전성시대 맞아.

**2001년**
서태지와 아이들 출신 양현석, YG엔터테인먼트 설립.

**2002년**
가수 박진영, JYP 설립.

**2004년**
일본에 진출한 소녀 가수 보아SM가 「러브 & 어니스티」로 오리콘 차트 1위.

**2009년**
원더걸스 「Nobody」JYP, 한국 가수 최초로 빌보드 핫 100에 76위로 진입.

만 장이나 팔린 것만 봐도 듣는 음악을 원하는 고정 팬은 여전하다는 걸 알 수 있지 않나요."

　일부에선 서태지의 등장이 아니라, 김현식의 죽음에서 동아기획이 쇠락하기 시작했다는 얘기를 한다. 김 대표는 또 고개를 가로저었다. "90년 11월 1일 간경화로 현식이가 세상을 뜬 후 91년 8월까지 현식이 유작인 6집 앨범이 30만 장, 92년 연말까지 300만 장이 나갑니다. 물건 없어 못 팔 정도로 잘 나갔죠."

　김 대표 스스로 내린 동아기획 쇠퇴의 원인은 시대의 변화다. "대중음악은 사회와 함께 갑니다. 더 구체적으로 얘기하면 정치와 맞닿아 있다고. 음악을 만드는 사람이 시대 상황을 읽지 않는다면 그건 바보예요."

　동아기획이 세상을 주름잡았던 84~86년은 군부정권 시절이었다. 젊은이들은 저항하고 위로받고 싶어 했다. "들국화의 「그것만이 내 세상」「행진」을 들으면 가슴속에서 화학반응이 일어나서 폭발하는 거야. 그게 공감이거든. 한국 정치상황이 80년대랑 똑같다면 나는 세세토록 히트곡을 낼 수 있지. 하지만 세상은 변했고 이제 김현식과 들국화 시대는 간 거야. 그게 팩트야."

　김 대표는 동아기획 출범 당시 초심을 잃지 않았다. 좋은 음악, 좋은 소리를 대중에게 소개하는 게 음반 제작자 역할이라고 아직도 믿고 있다. "댄스음악이 나쁘다는 게 아니라 댄스 음악 하나만 살아남는 상황은

문제가 있다는 거예요. 여러 장르가 공존하며 다양한 소리를 들려줘야 제2의 대중음악 르네상스가 열리지 않겠어요."

김 대표는 지금도 대중음악 다양화를 위해 노력 중이다. 실력 있는 인디가수를 발굴해 음반을 제작하거나 팝페라 등 크로스오버 영역까지 관심을 넓혔다. 80년대 동아기획을 배경으로 한 뮤지컬도 준비 중이다. "숨겨진 진주 같던 우리 시대 가수, 그들이 대중과 어떻게 소통하고 교감했는지를 보여주고 싶은 거지. 현식이나 들국화나 영혼을 담아 노래했기 때문에 20년, 30년이 흘러도 트렌드에 뒤떨어지지 않잖아요. 듣는 음악의 힘, 그걸 다시 느끼게 해주고 싶어요."

후배 가수들에게 따끔한 일침도 잊지 않았다. "80년대 언더그라운드 가수들은 10년 이상 음악 내공을 쌓은 재야의 고수였던 데 반해 지금 인디는 자기 멋에만 취해있어요. 실력 없이 자기 감각에만 지나치게 충실해 대중과 소통하려 들지 않는 건 문제예요."

# 못 구한 생명, 떠나간 동료…
# 그래도 오늘 난 소방헬멧을 쓴다

소방의 날이었던 지난 11월 9일, 오후 2시쯤 서울 강남소방서에선 케이크 하나 놓고 막 조촐한 자축파티를 하려던 참이었다. 촛불을 키는 순간 비상 출동 벨이 울렸다. "구룡마을 화재, 구룡마을 화재, 광역2호 발동." 광역2호면 관할 강남소방서뿐 아니라 다른 지역 소방서까지 출동하는 대규모 화재다. 백균흠 강남소방서 진압대장은 서둘러 출동차량에 올라탔다. 화재 현장에 도착하기까지 몇 분 동안 그는 회색 맥가이버 칼을 한손에 꼭 쥐고,

마음속으로는 '제발'을 되뇌었다. 한 사람이라도 더 구하게 해달라고. 이 칼은 10년 전 물에 빠진 아이를 구하려다 순직한 후배가 남긴 것으로, 그에겐 일종의 부적과 같다.

같은 시간 서울 광진구 자양동 백 대장 집에서도 작은 케이크에 촛불을 켰다. 아들 승혁 군 생일이라 아내 임선미 씨와 딸 승혜 양이 조촐한 축하 파티를 한 것이다. 소방의 날에 태어난 소방관 아들이 촛불을 끄는 사이 소방관 아빠는 화마와 싸웠다. 촛불은 입김 한 번에 꺼졌지만 백 대장은 구룡마을 화재를 진압하느라 밤을 새야 했다. 다음날 아침에 집에 돌아온 아빠는 "생일 축하 한다"며 늘 그랬던 것처럼 하루 늦은 인사를 했다. 그의 소방관 인생 25년, 거기엔 대형 재난으로 얼룩진 슬픈 대한민국의 모습과 수많은 소방관의 희생이 함께 녹아 있다.

## 영웅이 이끈 운명

백 대장은 1990년 5월 21일 첫 출근 날을 또렷이 기억한다. 서울 강동소방서 산하 성내파출소 문을 열고 들어서자마자 반쯤 불에 탄 소방복이 눈에 들어왔다. —각 지역 소방서는 관할지역의 중앙센터다. 경찰조직처럼 관할 지역 안에 하위 조직

1426년
세종 8년, 소방기관인 금화도감 설치.

1894년
고종 31년, 치안업무와 화재진압 담당하는 경무청 설치.

1895년
경무청 세칙에 수화소방水火消防에 관한 업무 규정. '소방'이라는 단어 처음 사용.

1910년대
주요 도시 경찰서 안에 상비소방수 배치.

1925년
국내 최초 소방서인 경성소방서 설치.

1947년
소방청 설치. 소방업무를 경찰에서 분리한 독립적 소방기관.

1948년
대한민국 정부 수립. 소방업무를 다시 경찰로 이관.
11월 1일을 소방의 날로 제정. 1991년 11월 9일로 개정.

1953년 11월 27일
부산역전 대화재사망 29명.

1958년
소방법 제정·공포. 근대적 소방체계 구축.

인 소방 파출소가 있다. 소방 파출소는 현재 119안전센터로 이름이 바뀌었다 **짧은 순간 수많은 생각이 머리를 스쳐갔다. '돌아갈까, 어설프게 지옥에 발을 들인건가.'**

그 때 한 선배가 등을 툭 치며 "안 들어가고 뭐해"라며 씩 웃었다. 나중에 알고 보니 신입을 맞는 선배들의 짓궂은 장난이었다. "지금은 3교대 근무지만 그때는 24시간 맞

교대였죠. 첫 날 새벽 파출소에서 자는데, 왜 그렇게 출동 벨이 많이 울리는지 결국 한 숨도 못자고 뜬눈으로 밤을 새웠어요."

그는 사실 대단한 사명감을 갖고 소방관이 된 게 아니다. 89년 군 제대 후 공무원이 안정적일 거란 막연한 생각에 소방관·경찰·지하철공사를 함께 준비했다. 경찰과 소방관 둘 다 합격했는데 결국 소방관을 택했다. 여기엔 동네 형에 대한 아련한 기억이 작용했다.

그는 출생 보름 이후 줄곧 자양동에서 산 자양동 토박이다. 80년대 초까지만 해도 논·밭 밖에 없는 허허벌판이었다. 한강에서 수영하

고 들판에서 축구·야구 하며 놀았다. 그때 같이 놀던 동네 백수 형이 있었다. 야구 방망이 살 돈이 없어 나무 막대기 꺾어 야구하던 시절에 번듯한 야구 방망이를 사와 같이 놀자던 형이었다. 그러던 어느 날 근처 벽돌공장에서 큰 화재가 났다. "어린 마음에 큰 불이 신기해 구경 갔죠. 그런데 소방차에서 그 형이 내리는 거예요. 와, 얼마나 멋져 보이던지." 백수로만 알았는데 실은 24시간 근무 후 쉬는 틈틈이 아이들과 놀아주던 소방관이었던 거다. 그날부터 이 형은 마음속에 작은 영웅으로 자리 잡았다. 그리고 영웅에 이끌려 그 역시 소방관이 됐다.

## 첫 출동, 두 번의 죽을 고비

현재 소방관은 3조 교대 근무가 원칙이지만 인력 부족으로 서울 일부 소방서와 지방에선 여전히 24시간 맞교대를 한다. 백 대장도 일주일에 한번 꼴로 24시간 근무를 한다. 비번 날도 화재가 발생하면 수시로 출동해야 하기 때문에 하루 온종일 제대로 쉬는 날이 없다. 심지어 남들 다 쉬는 추석·설 같은 명절은 비상근무체제에 돌입한다. "지금은 많이

**1970년 4월 8일**
서울 와우아파트 붕괴사망 33명.

**1971년 12월 25일**
대연각 호텔 화재사망 165명.

**1972년**
서울소방본부 발족.

**1974년 11월 3일**
서울 청량리 쇼핑몰인 대왕코너
현 롯데백화점 자리 화재사망 88명.

**1975년**
내무부 소방국 설치.

**1981년**
부산·대전 등 일부 소방서, 응급환자 이송업무 시범실시.

**1983년**
소방법 개정, 응급환자 이송과 구급대 편성 등 구급업무 가능.

**1988년**
서울 강남·종로·중부 소방서에 구조대 최초 설치·운영전국 7개 도시 9개대 운영.

**1989년**
화재예방과 진압뿐 아니라 구조·구급 업무로 소방업무 확대.

**1992년**
전국 16개 시·도에 소방본부 설치. 소방업무가 경찰에서 완전히 분리하면서 독립적 광역소방행정체제 구축.

좋아진 거예요. 장비와 인력이 많이 확충됐죠. 90년대 초만 해도 어휴~, 말도 마요."

　그는 90년 초보 소방관 시절 투입됐던 지하창고 화재를 떠올렸다. 플라스틱·스티로폼·비닐 등 불 잘 붙고 유독가스를 내뿜는 완구로 가득 찬 창고였다. 불길이 너무 거세 진입을 할 수 없었다. 먼저 소화액을 부으려고 1층 바닥을 망치로 뚫는 순간 불길이 치솟았다. 그걸 맞았으면 그는 아마 죽었을 거다. 다행히 망치를 내려친 반동으로 뒤로 자빠지는 바람에 무사했다. 구멍으로 사람 가슴 높이까지 차오를 정도로 소화액을 부어 불길을 어느 정도 잡은 다음 다시 진입을 시도했다. 소방관의 생명줄인 공기호흡기도 없이 말이다. "당시엔 장비가 부족했어요. 소방호스 들고 가장 먼저 들어가는 선배만 공기호흡기를 차고, 뒤 따랐던 저는 그냥 수건 두르고 들어갔어요." 그런데 들어가자마자 시커먼 연기가 밀려왔다. "연기가 아니라 그냥 덩어리예요. 공기호흡기도 없으니 그거 마시면 죽는 거죠. 물속에 그냥 머리를 박았죠. 그렇게 겨우 살았어요."

　그런데 정작 그의 머릿속에 남아있는 건 죽음에 대한 공포가 아니다. "소방관들 고생했다고 동네 주민들이 라면을 한가득 끓여 왔어요. 얼마나 맛있던지, 세상에서 가장 맛있는 라면이었죠."

### 다섯 번의 운구행렬

　열악한 장비, 부족한 인력…. 매일 목숨을 걸어야 했다. 일이 터지지 않을 수가 없다. 2004년 동대문소방서에서 근무할 때다. 여름 장마로 물이 불어난 중랑천에 빠진 아이를 구하려다 후배 한 명이 급

류에 휘말려 죽었다. "너무 안타까워요. 아이 구하려다 죽었는데 알고 보니 아이는 물속에 있는 게 아니라 집에 있었어요. 아이와 연락이 안된 엄마가 지레짐작으로 애가 물에 빠졌다고 신고했던 거예요."

그는 그렇게 다섯 명의 동료를 떠나보냈다. 한 명은 화마에, 또 다른 한 명은 구급활동을 벌이다 지나가는 차에 치었다. 추락사도 있었다. "지금도 지하 5층 깊이로 추락해 4개월 입원한 후 깁스한 채로 출근하는 동료가 있어요. 훈련 도중 추락해 크게 다치는 경우도 많고요." 소방관이 순직하면 소방서장葬을 치른다. 운구행렬이 소방서를 한 바퀴 돌고 화장터로 향한다. "다섯 명 모두 30대 초

소방관의 안전을 지켜주는 헬멧.

1993년 7월 26일
아시아나항공 733편 추락 김포공항서 목포공항 가던 중 전남 해남군 추락, 사망 68명.

1993년 10월 10일
서해훼리호 침몰 사망 292명.

1994년 10월 21일
성수대교 붕괴 사망 32명.

1995년 4월 28일
대구 지하철 가스 폭발 사망 101명.

1995년 6월 29일
삼풍백화점 붕괴 사망 501명.

1996년
서울 18개 전 소방서로 구조대 확대 운영.

1999년 6월 30일
씨랜드 청소년 수련원 화재 사망 23명.

2003년 2월 18일
대구 지하철 화재 사망 192명.

2004년
소방방재청 출범.

반이었어요. 가슴에 묻었습니다." 소방관들은 출동 도중 먼저 도착한 선착대와 무전을 주고받으며 현장 상황을 예측한다. 이때 누구나 듣고 싶어 하는 무전이 있다. "하나 아홉 완진 인해 열둘 비하나인명피해 없이 진화 전 대원 철수."

### 참혹했던 삼풍백화점 붕괴

90년대는 대형 재난사고가 많았다. 93년 7월 목포에서 아시아나 항공기가 추락66명 사망했고 같은 해 10월 서해훼리호가 침몰했다. 292명이 희생당한 대형 참사였다. 94년엔 성수대교가 무너졌고32명 사망, 이듬해 4월 대구 지하철 가스폭발 사고101명 사망가 터졌다. 그리고 95년 6월 29일, 서초동 삼풍백화점이 무너졌다. 501명이 죽고 937명이 부상을 입은 건국 이래 최대 참사였다.

그 누구도 상상조차 해 본적 없는 사고였다. "처음엔 장난신고인

전쟁소방관들은 출동시간을 단 1초라도 단축하기 위해 출동 차량 안에서 소방장비를 챙겨 입는다.

줄 알았어요. 다들 '설마 백화점이 무너졌겠어'라고 생각했죠." 현장에 도착해보니 아비규환, 정말 그 단어 밖에 떠오르지 않았다. 여기저기서 살려달라는 비명이 들려왔다. 다리가 부러져 기어 나오는 생존자, 머리에 피를 흘리며 쓰러져 있는 부상자, 걸을 때마다 발에 걸릴 정도였다. 군·경찰은 물론 전국 소방관이 총출동했다.

"굴착기 같은 중장비를 투입하는 순간 구조는 포기하는 거나 마찬가지예요. 잔해가 무너지면서 생존해있을지 모를 부상자가 위험해질 수 있거든요. 일일이 손으로 잔해를 하나씩 걷어내는 수밖에 없었어요." 삼풍백화점 구조 작업은 그렇게 한 달 넘게 이어졌다.

그는 90년대를 "소방관들이 평생 지울 수 없는 짐을 짊어지게 된 시대"라고 표현했다. "물론 안전을 소홀히 했던 게 근본원인이었지만 구조 장비와 인력이 충분했다면 더 많은 사람을 구할 수 있었어요. 소방관들한텐 바로 그 점이 짐처럼 남아있습니다."

90년대 내내 소 잃고 외양간 고치는 꼴이 반복됐다. 대형재난이 터지면 그제야 인력과 장비가 확충됐다. 지금은 인명구조를 전문으

2014년 2월 17일
경주 마우나오션리조트 체육관 붕괴사망 10명.

2014년 4월 16일
세월호 침몰사망 295명.

2014년 5월 28일
장성 요양병원 화재사망 21명.

2014년 10월 17일
판교 테크노밸리 환풍구 붕괴 사망 16명.

2014년
소방방재청 해체. 국민안전처 소속 중앙소방본부 신설.

로 하는 구조대가 전국적으로 갖춰졌지만 95년 삼풍백화점 붕괴 사고 때만 해도 서울 일부 소방서만 운영했다. "90년대 초부터 구조대가 늘긴 했는데 속도가 더뎠죠. 삼풍 사고가 터지고 나서야 부랴부랴 서울 전 지역으로 확산됐어요." 그는 소방관을 슬픈 운명이라고 표현했다. 큰 사고가 나야 인력이나 장비 등 소방관 여건이 더 좋아지기 때문이다. "90년대를 거치며 여건은 좋아졌지만 마음은 착잡해요."

강남소방서 소방관들은 매일 오전 10시, 소방서 앞에서 소방훈련을 한다. 소방관들이 사다리차에 올라 소방호스로 소화액을 부리며 화재진압 훈련을 하고 있다.

## 못 구한 생명

백 대장은 2007년부터 강남소방서에서 근무하고 있다. 화재현장에서 소방호스를 들고 가장 먼저 진입하는 관창수 역할을 하다 지난해부터 진압대장을 맡았다. 공기호흡기·방화복·도끼 등 소방장비를 모두 갖춰 입으면 무게가 무려 40kg에 달한다. 이렇게 무거운 장비를 이고 뜨거운 화염을 달려야 한다. 여름엔 잠깐 입었다 벗기만 해도 땀으로 목욕하기 일쑤다.

화재진압을 하고 나면 항상 가래가 끓는다. 뱉으면 끈적끈적한 검은 덩어리가 나온다. 찰과상이나 뼈에 금가는 정도의 작은 부상은 매일 달고 산다. 이렇게 생명을 걸고 일을 하는데 소방장비가 닳아 떨어져도 교체주기가 되지 않으면 지급해주지 않을 정도로 아직 장비 문제는 열악하다. 장비를 못 쓰게 되면 내근 동료 장비를 빌려 쓰거나, 개인 돈을 들여 사서 쓰기도 할 정도다.

왜 그렇게 힘든 일을 하는지 물었다. 그는 단순한 화재진압이 아니라 처음으로 인명구조에 나섰던 93년 송파구 석촌호수 뒤편 주택가 화재 사건 얘기를 꺼냈다. 신고 받고 도착해보니 이미 불길이 집 전체를 뒤덮었다. 엄마는 집 밖에서 아이들이 못 빠져나왔다고 울부짖었다. 그 말을 듣는 순간 아무 생각도 나지 않았다. 무조건 뛰어 들었다. 얼마나 정신이 없었는지 도끼도 챙기지 못했다. 잠긴 문을 손발로 부수고 들어갔더니 대여섯 살 된 오누이가 손을 꼭 붙잡고 바닥에 고꾸라져 있었다. 이미 숨진 거다. 아직 온기도 사라지지 않은 두 아이를 들쳐 업고 나왔다. "엄마가 울기 시작하는데, 그렇게 서럽게 우는 걸 처음 봤어요. 하늘이 무너질 정도로 운다는 말이 뭔지 처음 실감했습니다. 두 아이를 업었을 때 그 온기가 아직도 잊히지 않아요."

첫 임명구조가 결국 실패로 끝난 한스런 기억, 그는 이때부터 화재현장에서 사람을 꼭 구해야겠다는 마음이 더욱 더 간절해졌다고 한다.

그는 "세상은 아직 선한 사람이 많다"고 했다. 그가 화재를 진압했던 어느 족발집 주인은 퇴근하면서 종종 소방서 앞에 족발 몇 족을 놓고 간단다. "소방관은 공무원이라 아무리 작아도 선물을 받으면 안돼요. 계속 사양하니까 족발을 그냥 소방서 앞에 놓고 도망치듯 가시더라고요."

"이런 작은 고마움의 표시가 큰 힘이 됩니다. 세상은 아직 따뜻하고, 더 중요한 건 소방관 도움을 필요로 하는 사람이 많아요. 내가 남에게 도움을 줄 수 있다는 걸 생각하면 마음이 따뜻해집니다. 그 마음에 중독되어서 이 일을 하는 거죠."

이 말을 마치자마자 또 출동 벨이 울렸고, 그는 또 다시 화재현장으로 출동했다. 맥가이버 칼을 쥐고서.

# 영화보다 더 영화같은 성공스토리
# 한국 자동차 역사와 함께한 정비계의 일인자

　'한강의 기적'이라 불릴 정도로 한국은 압축 경제성장을 했다. 그 영광 뒤에는 자동차 · 섬유 · 선박 등 기술자 땀이 배인 산업현장이 있다. 자동차 산업은 지금 세계 5위 규모지만 불과 60년 전만 해도 한국은 미군이 버린 폐차 부품에 드럼통 펴 만든 본체로 자동차를 겨우 조립하던 나라였다. 고철이 자동차로 탈바꿈한 데는 하루에도 수십 번 나사 조이고 기름칠 하던 정비공들 공이 컸다. 박병일 카123텍 대표도 그런 수리공 중 한명이었다.

가정형편 때문에 14살에 학교를 그만 두고 버스
회사 정비견습공으로 들어간 그는 자동차 정비
분야에선 최초로 2002년 기술자 최고 명예라는
'명장' 타이틀을 땄다. (현재 자동차 명장은 3명)
차량기술사 등 국가기술자격증만 17개, 은탑산
업훈장과 대통령산업포장을 수상했으며, 자동차
시뮬레이터 등 특허 9개를 갖고 있기도 하다. 월
급도 제대로 못 받던 견습공에서 자동차 정비계
의 1인자가 된 그의 인생 속엔 가파르게 성장한
한국 자동차의 역사가 고스란히 담겨있다.

"아우디 로고의 동그라미가 왜 4개인지 알
아요? 합병한 네 회사를 상징하는 거예요."
아우디는 1932년 데카베 · 호르히 · 반더러 · 아우디 합병으로
탄생했다.

40년 넘게 자동차만 보며 살아왔는데 여전
히 뭐가 그리 재미있는지 차 얘기를 꺼내자마
자 또 눈이 빛난다. 그의 사무실은 웬만한 교
수 연구실 못지않게 책이 많았다. 혼자 공부
하던 시절부터 하나 둘씩 사 모은 자동차 관
련 책만 5천 권이 넘는다. 심지어 국내에 출
간도 안 된 독일이나 일본 책 번역하느라 지
금까지 쓴 돈만 2억 원이 넘는다. 명장, 기능

## 박병일의 역사

**1957년**
6남매의 장남으로 서울서 출생.

**1971년**
중학교 중퇴하고 버스회사 정비
견습공 입사.

**1975년**
버스 2대 전담하는 반장으로 승
진.

**1977년**
자동차정비기능사 2급 취득.

**1978년**
자동차정비기능사 1급 취득.

**1983년**
전자제어 자동차 공부시작.

**1989년**
인천 용현동에 카센터 오픈.

**1994년**
인천기능대학 자동차공학과 졸
업.

**2002년**
기술명장 자동차부문 선정.

**2006년**
기능한국인 선정.

**2008년**
차량기술사 획득.

한국인2006년, 차량기술사2008년 그랜드슬램을 달성한 건 순전히 이런 노력 덕분이다. 쭉 뻗은 고속도로가 아니라 울퉁불퉁한 자갈길을 걸으면서도 기어이 지금의 성공을 이룬 바로 그 노력 말이다.

### 근대화가 바꿔 놓은 부자의 운명

지금은 공구 다루며 손에 기름때 가실 날이 없지만 사실 그의 어릴 적 꿈은 화가였다. 물감이 좋았다.

"교실 뒤에는 늘 내 그림이 걸려있었죠. 세검정초등학교 3학년 때 담임선생님은 그림그리기 대회 나가라고 100원짜리 왕자크레파스도 사줬어요. 그때 10원짜리 싸구려 크레파스 쓰고 있었거든요."

나가는 대회마다 상을 탔고, 당연히 화가가 될 거라 믿었다. 초등학교 5학년 땐 물감을 사기 위해 매일 새벽마다 25km를 돌며 신문 120부를 배

14살 때 청계천 헌책방을 뒤져 3개월 만에 겨우 손에 넣은 『자동차백과사전』 표지는 떨어져 나가고 책장도 누렇게 바랬다.

달했다. 팔이 아파 세수도 못할 지경이었지만 물감 사는 상상에 버텼다. 그러던 어느 날 밤 꿈이 날아가는 소리를 들었다.

"14살 때였어요. 방 두 칸짜리 집이었는데 연탄 아낀다고 온 가족이 한 방에 모여서 잤어요. 얼핏 잠 들었다가 깼는데 아버지가 어머니에게 '병일이 미술 공부시켜야 하니 집 팔고 시골로 이사가자'고 하더군요."

전통기와를 만들던 박 명장의 아버지는 1970년대 새마을 운동으로 슬레이트 지붕이 대중화하자 일거리가 줄어 힘들어했다. 하지만 6남

매의 장남인 박 명장만이라도 제대로 가르치겠다고 마음먹은 거다.

"그런데 어머니가 반대하더라고요. 나머지 애들은 어떻게 하냐고. 부모님 고민도 알았고, 동생들 걱정도 됐지만 난 내 꿈이 더 소중했어요. 그래서 몇 달 동안 모른척했죠."

하지만 시간이 갈수록 형편은 더 나빠졌다. 결국 스스로 학교를 그만두고 취직자리를 알아봤다. 문득 학교를 오가며 봤던 버스 회사가 떠올랐다. 회사 마당 한쪽에 시커먼 기름때를 뒤집어쓰고 있던 기계들이 어느 날 반질반질 깨끗하게 손질돼 있는 모습이 늘

인상적이었다. 또 그 기계들이 조립돼 부르릉 소리 내며 작동하는 걸 보면 마치 죽은 생명이 다시 살아나는 것 같았다. 무작정 일을 달라고 찾아갔다. 처음에는 너무 어리다고 내쫓았지만 결국 월급 없이 기숙사에서 재워주고 하루 점심 한 끼만 먹여주는 조건으로 그를 받았다.

## 한국자동차의 역사

**1903년**
고종 어차御車로 포드 A형 도입.

**1910년**
순종·순종황후 어차로 다임러·캐딜락 도입.

**1913년**
국내 최초 자동차학원 경성운전자양성소에서 이용문 씨가 운전면허 제1호 획득.

**1915년**
미국인 모리스, 자동차 판매회사 모리스상회 세우고 정비 서비스 시작.

**1920년대 초**
이정옥 씨가 운전면허 따 국내 첫 여성 운전자로 등록.

**1928년**
경성부청서울시청, 일본에서 버스 들여와 시내버스 운행 시작.

**1930년**
조선자동차협회 연합회 발족.

**1944년**
경성정공기아자동차 전신 설립.

**1946년**
현대자동차공업사현대자동차 전신 설립.

**1954년**
하동환자동차제작소쌍용자동차 전신 설립.

**1955년**
국내 첫 조립승용차 '시발' 등장.

**1957년**
신진공업주식회사대우자동차 전신 설립.

"당장 돈은 못 벌지만 기술을 배우면 돈을 벌 수 있다고 생각했어요. 그것도 감지덕지였죠. 막상 가보니 정말 열악하더라고요. 말이 기숙사지 폐차된 버스 가운데를 막아 한쪽엔 정비사, 다른 한쪽엔 버스 안내양이 생활했어요. 안내양도 새벽 일찍 나가야 하니 대부분 회사에서 먹고 자고 했어요."

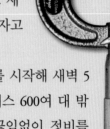

박병일 명장이 자동차정비기능사 1급을 딴 직후인 21살 때 구입한 마이크로미터(세밀한 수치를 재는 공구).

매일 밤 10시면 운행을 마친 버스의 정비를 시작해 새벽 5시가 돼야 겨우 끝났다. 다 합쳐도 서울에 버스 600여 대 밖에 없던 시절이지만 늘 고장을 달고 사니 끊임없이 정비를 할 수밖에 없었다.

"그때 버스 브랜드가 하동환자동차쌍용자동차의 모체, 고려자동차, 잡자동차 세 종류였어요. 잡자동차는 여러 회사를 합쳐 만든 거라 그렇게 불렀죠. 새 버스가 아니라 폐차된 미군 지프차나 일본 고철을 가져다 만들었기 때문에 고장이 많았죠. 아, 재밌는 얘기 하나 할까요. 처음으로 자동차 수출한 사람이 누구일까. 하동환 씨에요. 그 사람이 55년 미군이 버린 폐차 엔진에 납작하게 편 드럼통을 붙여서 차체를 만들기 시작했는데, 10년 뒤인 60년대 후반에 부르나이랑 베트남에 처음으로 수출했어요."

### 모르는 건 죄

월급도 없는 견습생에게 기술을 가르쳐주는 사람은 없었다. 체계적인 교육 대신 어깨 너머로 기술을 익히던 시절이라 남에게 기술을 알려주는 일은 드물었다. 그도 요령껏 선배들 하는 걸 봤다가 화장실 가는 척 하며 손목에 급하게 적었다. 그땐 종이에 적는 것조차 허락되지 않았기 때문이다.

"한 5개월쯤 됐나. 갑자기 반장이 창고로 데려가더라고요. 엔진오일, 브레이크오일, 미션변속기오일 등 오일 종류가 죽 있는데 불을 끄더니 냄새를 맡아보고 무슨 오일인지 맞춰보라는 거예요. 알 턱이 있나. 모른다고 했더니 손가락으로 찍어서 맛을 보래요. 그래도 모른다고 했더니 기술자 싹이 하나도 안 보인다나요. 기술자는 눈과 귀, 냄새 등 오감을 이용해야 하는데 눈으로만 본다면서 네가 기술자가 되면 손에 장을 지진다고까지 하더라고요."

문득 오기가 생겼다. 싹이 없다는데 만약 내가 1인자가 되면 어떨까, 상상만으로 행복했다. 하지만 친한 동기조차 "중학교 중퇴로 작은 버스회사에서 수리나 하면서 1인자를 꿈꾸는 게 터무니없다"며 비웃었다. 그때 회사 구석에 있던 링컨 전기가 그의 가슴에 불을 지폈다. 평생 가슴에 새긴 '꿈은 버리지 않으면 얻을 것입니다 누군가에게 가능한 건 나

1962년
새나라자동차, 닛산자동차와 제휴해 '새나라' 생산. 근대생산라인에서 제조한 최초의 국산차.

1963년
신진, 국내 최초의 세단형 신성호 제작.

1966년
신진, 도요타와 기술 제휴해 코로나 생산.
하동환자동차, 국내 최초로 자동차 수출브루나이.

1968년
현대자동차, 포드와 기술 제휴해 코티나 생산.

1972년
신진, GM과 5대5 합자해 GMK GM Korea, 76년 새한자동차로 상호변경 설립.

1974년
현대, 토리노 모터쇼에 국내 최초 고유모델 포니Pony 출품. 아시아에서 2번째, 세계에서 16번째 독자 생산.

1975년
현대, 포니 국내 출시.

1977년
새한전 신진, 소형차 제미니 발표.

1978년
고속도로 진입 차에 한해 안전벨트 착용 의무화.

1980년
자동차공업 통합. 새한 통합한 현대는 승용차 전문, 기아는 5톤 미만 소형상용차 전문, 5톤 이상 버스·트럭은 자유경쟁.

에게도 가능 합니다'라는 연설문 글귀는 이때 처음 만났다. 링컨 전기를 계기로 그는 책을 읽기 시작했다.

한 달에 한번 쉬는 날마다 청계천 2가부터 8가까지 헌책방을 뒤진 끝에 3개월 만에 『자동차대백과사전』을 구했다. 그야말로 신세계였다. 궁금했던 모든 게 다 들어있었다. 한자를 잘 아는 형에게 물어가며 공부했다. 덕분에 18살 되던 해 버스 2대를 전담하는 반장이 됐다. 보통 30대 초반에 반장이 되는 걸 감안하면 초고속 승진이었다.

77년, 그러니까 20살 되던 해 책만으로는 한계가 있다는 판단에 직업훈련원<sup>현 폴리텍대학</sup>에 지원했다. 하지만 학력이 발목을 잡았다. 최소 중졸은 돼야 지원할 수 있었기 때문이다.

"할 수 없이 학원에 다니기로 했죠. 회사에서 학원 다니는 걸 알면 싫어했기 때문에 다른 직원 대신 당직 서주거나 심부름을 해주며 비밀을 지켜달라고 부탁했어요. 매일 새벽 5시 일 끝나면 잠깐 눈만 붙이고 오전 8시에 학원가는 생활을 했죠."

잠 안 오는 약을 하루 10알씩 먹어 위장병까지 걸릴 정도로 공부했고, 그 해 자동차정비기능사 2급 자격증을 땄다. 1급을 따야하는데 들통이 났다. 틈만 나면 멀리 출장 보내며 학원에 못 가게 했다.

"그 때 소원이 문제집 처음부터 끝까지 다 보고 시험 보는 거였어요. 안 되겠다 싶어 사촌 형에게 편지를 썼죠. 큰아버지는 이미 돌아가셨는데 한 번만 돌아가셨다고 전보 보내달라고요. 며칠만이라도 책만 보고 싶었거든

그의 정갈한 필체에서도 엿볼 수 있듯 작은 일도 건성으로 하는 법이 없었다

요."

그렇게 얻은 금쪽같은 5일을 봉천동의 한 여인숙에서 꼬박 공부하며 썼다. 필기시험은 합격했다. 그런데 실기시험이 문제였다. 버스부품만 다뤄본 그의 앞에 승용차, 그것도 미국산 수입 부품이 떡하니 올려져 있던 거다.

"버스회사에 다녀 잘 모르겠다고 했더니 책을 던져주며 보고 하라더군요. 그런데 다 영어로 써 있는 거예요. 손도 까딱 못해보고 쫓겨났어요."

무거운 공구통을 들고 시험장인 대방동에서 봉천동까지 울면서 걸어 돌아왔다. 한편으론 서러웠지만 다른 한편으론 모르는 게 죄라는 생각에 더욱 이를 악물었다. 그리고 바로 다음해 1급 자격증을 따냈다.

### 시대를 앞서 공부하다

22살 군복무 중 자동차검사 1급과 자동차중기정비 1급, 직업훈련교사면허 2급에 합격

1982년
야간 통행금지 전면 해제. 새한, 맵시 발표.

1983년
새한, 대우자동차로 상호변경. 거화자동차.

1984년
현대, 국내최초 자동차종합주행시험장 준공.

1986년
현대, 생산 1백만 대 돌파.
쌍용, 동아자동차 인수. 88년 쌍용자동차로 상호변경.
교통부, 승용차 색상 자율화 허용.

1987년
자동차공업 통합조치 해제로 전 차종 생산 자유화. 자동차 수입 자율화1000~2000cc 제외.

1988년
승용차 연비표시 의무화.

1992년
전국 운전면허인구 1,000만 명 돌파. 기아, 국내 최초 디젤엔진 개발.

1995년
삼성자동차 설립 제 1회 서울모터쇼 개최.

1996년
현대, 생산누계 1,000만 대 돌파.

1998년
현대, 기아차 인수.

1999년
대우그룹 해체.

할 정도로 계속 공부를 열심히 했다. 그러다 83년, 스물여섯 살에 운명의 책을 만났다.

"자동차 관련 자격증 1급 이상 소유자 10여 명이 만든 한밝자동차 연구회라는 모임에 나갔어요. 한 친구가 독일 오펠 출장길에 책 한권을 가져왔어요. 전자화한 차에 관한 거였어요. 한번 훑어봤는데 모르는 게 너무 많더라고요. 충격이었죠."

다른 회원들은 "이런 차가 나올 때면 이미 은퇴한 뒤"라며 눈여겨보지 않았다. 하지만 박 명장은 너무 흥미로워 책을 복사한 뒤 개인 돈으로 번역까지 했다. 심지어 전자분야 내용을 이해하려고 전자학원에 등록해 5개월 동안 전자기초 수업까지 들었다. 그래도 이해가 안 되는 부분이 많아 끙끙거리자 학원 관계자가 개인 과외를 소개해 줬다.

"월미도에 해군 레이더 고치는 사람이 있다는 거예요. 그 사람한테 한 달에 70만 원씩 주고 3개월 과외를 받았죠. 군 제대 뒤 어릴 때 저

14살 정비 공장 그의 사무실은 웬만한 교수 연구실 못지 않게 전문 서적으로 가득하다.

를 예뻐해 주던 공장장 따라 인천에 내려갔을
때예요.”

박 명장은 과외가 끝난 뒤에도 센서 사용
법 등 전자와 관련한 책을 50권 더 사서 공부
했다. 그리고 86년, 몇 십 년 뒤에나 나온다
던 전자식 자동차가 나왔다. 현대 그랜저와
대우 로얄슈퍼살롱이다.

“차가 시중에 나왔는데 다들 전자 관련 명
칭도 모르는 거예요. 그런데 내가 슥 보고
TPS센서엑셀을 얼마나 밟는지 감지하는 센서가 고장
났네, 이러니까 다들 놀라는 거죠. 물 만난
고기가 따로 없었어요.”

정비공장에서도 못 고치는 고급차를 인천의
아무개가 고친다는 소문이 나면서 그는 유명
해졌다. 일감이 밀려들자 버스회사를 그만두
고 89년 ‘왕자카센터’를 차렸다. 돈도 물론 많
이 벌었지만 강의 요청이 전국에서 빗발쳤다.

“주변에선 애써 공부한 걸 왜 그냥 알려주
느냐고들 했죠. 사실 처음엔 나 역시 겨우 알
아낸 기술을 알려주는 게 아까웠지만 전국을
다니며 내가 1인자라는 걸 확인하고 싶었어
요.”

가끔 숨은 고수를 만나 자극을 받는 경우

2000년
프랑스 르노, 삼성자동차 인수
후 르노삼성자동차 출범.

2002년
제너럴모터스, 대우자동차 인수
해 GM대우 설립2011년 한국GM으
로 변경.

자료 : 『자동차이야기』, 『책으로 보는
자동차 박물관』,삼성화재교통박물관

자동차 명장이 알려주는
차 오래 타는 법

- 엔진오일은 주행거리 7,000
 ~8,000km에 교환. 고속도로만
 달리면 1만km까지 가능.
- 미션변속기오일은 5만~6만
 km에 교환.
- 부동액은 2년마다 반드시 교환.
- 타이밍벨트엔진 작동 시 기름과
 공기를 주입할 수 있도록 흡기 밸브
 를 여는 장치는 10만~12만km
 에 교환.
- 타이밍체인밸브 작동 시기를 조
 절하는 기어 전동용 체인은 20만
 km에 교환.
- 주행 후 보닛 열고 엔진배선
 에 먼지 쌓이지 않도록 청소.
 먼지가 쌓이면 비오는 날 부
 식될 수 있다.

도 있었다. 대전에서 만난 한 기술자는 배기가스 나오는 머플러에 손만 대보고는 엔진 문제를 찾아내곤 했다.

"나중에 책을 보고 원리를 터득하니 다 이유가 있더군요. 연소가 잘 되면 약간 촉촉한 느낌이 나요. 마른 느낌이면 문제가 있다는 거죠. 그리고 가스가 나오는 압력이 일정해야 하는데 가끔 손을 톡톡 치는 느낌이 있어요. 이건 엔진밸브에 이상이 있는 거죠."

91년 그에게 또한번 기회가 왔다. 이번에도 역시 미리 준비한 당연한 결과였다. 당시 한국은 수동으로 기어를 변속하는 차가 90% 이상이었다. 그런데 책을 보니 미국은 오토매틱이 기본이라는 거였다. 한국에도 오토매틱 대중화 시대가 열릴 거라 생각하고 또 공부를 했다.

"아니나 다를까. 오토가 쏟아져 나오더라고요. 여기저기 강의를 많이 했죠. 학교·기업 등 다 합치면 한 50만 명 정도한테 했을 걸요."

### 명장의 마지막 꿈은 '인간 명장'

"요즘 진정한 명장이 무엇인가 고민을 많이 해요. 최고가 되겠다고 결심한 14살부터 앞만 보고 달려왔는데 이제는 주위를 돌아보려고요. 2006년부터 미용·도배·전기·컴퓨터·보일러·자동차 등 8개 분야 기능인 50여 명이 서해지역 섬을 다니며 봉사활동을 하고 있어요. 1년에 2~4번 정도 가는데 정말 뿌듯해요. 자비 들여 하는 건

자동차진단 청진기로 엔진소리를 듣고 있다.

데도 봉사하겠다는 사람이 늘어 지금은 500
명이 넘어요. 목표를 이룬 지금 다시 세운 최
종 목표는 인간명장이 되는 거예요."

"요사히 자동차 '드라이브'가 대유행이다. 탕남탕녀가 발광하다 못해 남산으로 룡산용산으로 달리는 자동차 안에서 '러브씬-'을 연출하는 것은 제딴에는 흥거웁겟지만 자동차 운전수의 '핸들' 쥔 손이 엇지하야 부르 떨리는 것을 아럿는지…"

조선일보 1933년 10월 9일자

고정 어차인 포드A형

1930년대에 이미 자동차 드라이브가 유행이라는 신문기사가 등장한다. 1903년 국내 첫 자동차인 고종의 포드 2인승 오픈카가 모습을 드러낸 지 채 30년도 안 된 시점이다. 고종이 차를 탈 당시 조선엔 운전할 줄 아는 사람이 없었기에 일본인 운전수를 고용했다. 드라이브를 그다지 즐기지 않았던 고종과 달리 아들 순종은 자동차 마니아였다고 한다. 외국 공관 파티에 갈 땐 꼭 차를 타고 갔다.

순종 어차 캐딜락

민간인으로 한국에서 자가용을 가진 최초의 한국인은 3·1운동 민족대표 33인 중 1명이자 천도교 3대 교령이었던 의암 손병희다. 1915년 캐딜락을 탔다. 손병희 외에도 순정왕후 아버지 윤택영, 개화사상가 박영효, 서울 갑부 김종성, 연세대를 창립한 언더우드, 배재학당 아펜젤러 등이 당시 외제차를 타고 다녔다. 그나마 가장 싼 포드가 당시 쌀 700 가마에 해당하는 4,000원으로, 지금으로 치면 1억 1,000만 원이다.

남로당 당수 박헌영도 6·25 전쟁 중 차를 탔다. 원래 자기 소유가 아니라 삼성 창업자인 이병철 회장으로부터 빼앗은 차였다. 이병철은 전쟁이 발발하기 불과 이틀 전에 주한미국공사로부터 신형 시보레를 사들였는데, 북한군의 서울 함락 직후 박헌영이 이 차를 전리품처럼 챙긴 거다.

한국 자동차산업의 시작은 1955년 시발자동차회사 설립부터다. 300대의 미국산 지프 부품을 조립하고 드럼통을 펴 차체를 만들었다. 차 이름인 '시발'은 '첫걸음'이라는 뜻이다.

국내 첫 조립승용차 시발자동차

국산차 새나라자동차

근대시설을 갖춘 국내 최초의 자동차공장은 재일동포 박노정이 1962년 경기도 부천에 세운 새나라자동차다. 일본 닛산의 1,200cc 블루버드 승용차 400대분의 중간부품을 들여와 '새나라' 승용차를 조립, 판매했다. 처음으로 국민차 반열에 들어선 건 1974년 기아가 일본 마쓰다와 협력해 제작한 브리사다. 같은 해 현대자동차는 토리노 모터쇼에 국내 최초의 고유모델인 포니Pony 출품하고 이듬해 국내에 출시했다. 아시아에서 2번째, 세계에서 16번째 독자 생산이었다.

이후 1985년 전국 자동차 등록대수가 100만대를 돌파했고, 현대자동차는 포니 2를 캐나다에 처음 수출했다. 국내 수출 1호차 기록은 1966년 하동환자동차가 브루나이에 수출한 버스다.

한국 첫 고유모델 포니

# 손자 부검한다니
# 할아버지가 도끼를 던집디다

과학수사. 이젠 한국에서도 낯설지 않은 분야다. 벌써 15년째 이어오는 미국 드라마 CSI(Crime Scene Investigation)를 비롯해 숱한 수사 관련 드라마가 인기를 끄는 덕분이다. 미국 드라마 속 법의학자는 늘 첨단 장비의 도움을 받아 완벽하게 보존된 증거를 분석한 후, 결정적으로 죽은 자(사체)와의 대화(부검)를 통해 범인을 밝혀낸다. 하지만 현실은 다르다. 한해 국내에서 발생하는 변사 사건(자살·살인 포함)은 2만 5천여 건이나 되지

만 이를 맡아야할 국립과학수사연구소 법의관
은 23명에 불과하기 때문이다. 은퇴했거나 학
계에 있는 관련 인력을 모두 합해도 50여 명에
지나지 않는다. 하지만 국내 1호 법의관인 문국
진 고려대 의대 법의학과 명예교수가 없었더라
면 아마 이 정도 인력조차 우리에게 허락되지
않았을 것이다. 그의 인생을 통해 한국 법의학
의 역사를 돌아봤다.

### 법대생이 되기 원했던 의대생

문 교수는 만주와 몽고 관련 신문인 중국
〈만몽일보〉의 평양지국장이었던 아버지의
1남2녀 중 둘째로 평양에서 태어났다. 아버
지는 일제 때부터 법원이나 경찰서에서 중국
사람들 통역을 할 정도로 중국어를 잘 하다
보니 중국 신문을 평양에 배포하는 일을 한

거다. 문 교수가
아버지 직업과
아무 상관없는
의대에 간 건 순
전히 어머니 때
문이다. 당시에
도 벌써 평양은

**1925년**
평안남도 평양에서 3남매의 둘째로 출생.

**1950년 12월**
평양대학교 의과대학 3학년 재학 중 국군·유엔군의 흥남 철수 당시 월남.

**1951~52년**
대구육군병원 의무장교.

**1953년**
서울대학교 의과대학 3학년 편입.

**1955년**
국립과학수사연구원 설립.
국내 최초 법의관으로 채용. 첫 사건은 종로 3가에 있던 사창가 '종3촌'에서 발견한 변사체. 타살 밝힘.

**1958년**
돈암동 모녀 살해 사건. 이웃 19세 청년의 피 묻은 바지와 살해 현장에서 발견한 도끼의 지문 등을 통해 진범 밝힘.

**1965년**
국내 최초 토막 살인인 춘천호반 여인 토막살해 사건. 부검 결과 강간 후 토막살해 당한 게 밝혀져 호수 주변 주막집 주인이던 범인은 살인과 시체모욕 등으로 사형.

**1968년**
제주 변사체를 부검한 의사 둘 중 하나는 자살. 다른 하나는 타살로 감정. 문 교수가 재감정 통해 자살 밝힘.

**167**

의사 벌이가 상당히 괜찮았다고 한다. 어머니는 평양에서 알아주는 명문 평양고급중학교와 평양고등학교에 들어간 똑똑한 아들에게 "의대 아니면 월사금수업료 안 내주겠다"며 의대를 권했고, 그는 어머니 소원대로 평양대학교 의과대학에 들어갔다.

"원래 법대에 가려고 했거든. 법대는 김일성대학 밖에 없는데 거기는 소련 사상 위주로 가르친단 말이에요. 그것도 마음에 걸리던 차에 어머니가 월사금도 안대준다니, 할 수 없이 의대에 진학했디요."

대학 3학년 때인 1950년 6·25 전쟁이 터졌다. 의대 다니던 친구들 모두 훈련에 동원됐지만 문교수는 배구 국가대표로 뽑혀 소련팀과 연습하느라 훈련에 빠졌다. 지금 돌이켜보면 천운이었다. "말이 훈련이지 군입대였던 거예요. 인민군 위생장교로 데려갔는데 얼마 안 있어 국군이 밀고 올라와 대게 죽었디요. 난 키 덕을 봤디만. 내 키가 178cm 인데 당시로선 굉장히 큰거디."

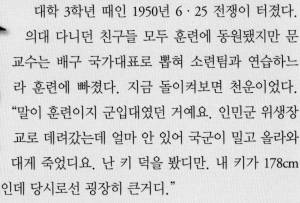

이때 또한번 천운을 잡았다. 조선일보 주필을 지낸 고故 선우휘를 만난 거다. 50년 10월 국군이 38선을 돌파해 올라왔을 때 선우휘는 국군 정훈국 평양분실에 있으면서 살아남은 학생을 모아 정훈국으로 보냈다. 그래서 그는 다른 가족보다 일찍 서울에 왔고, 대구육군병원을 거쳐 53년 서울대 의대에 편입을 했다. 가난한 실향민이었지만 정훈국 봉급을 모아 첫 등록금을 마련하고 이후 줄곧

1960년대 한강나루터 살인사건은 과학수사의 쾌거로 언론에서 대서특필됐다. 당시 박정희 대통령이 직접 공로패를 수여할 정도였다.

성적우수 장학금을 받았다.

### 헌책방이 바꾼 운명

서울 의대에 편입한 53년 여름 어느 날, 문교수는 갑자기 쏟아지는 소나기를 피해 종로의 한 헌책방에 들어갔다. 비가 그칠 때까지 서가에 꽂힌 책을 둘러보던 중 『법의학』이라는 일본책이 눈에 들어왔다. 법의학이라니, 법에 무슨 의학이 있나, 아니면 의학 속에 법이 있는 건가. 궁금증에 책을 집어 펼쳤는데 첫 장에 쓰인 말이 단숨에 그를 사로잡았다. '사람에게 중요한 건 두 가지가 있다. 하나는 생명이요. 하나는 권리다. 임상 의학은 생명을 다룬다. 법의학은 인간의 권리를 다루는 의학이다.'

"권리를 존중하는 의학이 법의학이라니. 가슴이 마구 뛰는 거야요. 이런 대단한 걸 내가 모르고 있었구나. 이것은 내가 반드시 해야겠다. 그 책을 사와서는 그길로 밤을 새서 다 읽었어요."

반드시 하겠다고 마음은 먹었지만 법의학을 배울 곳이 없었다. 일제 때는 경성제국대학서울대 전신 의대에 법의학 교실이 있었지만

1970년
국과수 법의학과장 퇴직. 고려대학교 의과대학 법의학 부교수로 임용. 고려대학교 법의학연구소 초대 소장.

1981년
71세 노파가 가정부·양딸과 함께 살해당한 일명 윤노파 사건. 조카며느리 자백 받았으나 문교수가 루미놀 검사혈흔검사 등 통해 진범이 아니라는 걸 밝힘.

1990년
고려대학교 의과대학 법의학과 교수 퇴임. 대한법의학회 회장 취임.

2000년
대한법의학회 명예회장 취임.

그 밖의
**법의학**관련 주요 사건

1971년 7월 1일
메이퀸 살해사건

덕성여대 메이퀸이 호텔서 추락사. 투신자살에 무게를 실었으나 국과수 부검으로 목 졸린 자국과 사망 전 하반신 창상베인상처을 발견해 실신상태에서의 타살로 결론.

해방 이후 미국식 교육을 따르면서 없앴기 때문이다. 급한 마음에 당시 의대 학장이던 병리전문의 이제국 교수를 찾아갔다. "법의학을 하고 싶은데 가르치는 데가 없으니 병리학 교실에서라도 받아 달라"고 했더니 "그런 사람 필요 없다"는 싸늘한 답이 돌아왔다. "처분만 기다리겠다"고 말하고 돌아왔는데 딱 사흘 후 뜻밖의 제안을 받았다. 내무부<sub>안전행정부 전신</sub>에서 과학수사 연구소를 건립하는데 지망생을 추천해 달라고 했다며 문 교수 의사를 물었다. 답은 당연히 '예스'였다. 그렇게 55년 국립과학수사연구원<sub>현 국립과학수사연구소</sub> 창설 멤버가 됐다.

### 편지로 공부하다

『법의학』과의 첫 만남부터 국과수 1호 법의관이 된 후에도 문 교수는 늘 배움에 목말랐다. 국내에 아예 관련 분야가 없던 터라 그에게 전문지식을 가르쳐줄 사람이 있을 리 없었다. 그가 아는 이름이라곤 『법의학』 저자인 도쿄대 의학부 법의학과 후루하다 다네모도<sub>古畑種基</sub> 교수뿐이었  다. 하지만 당시 일본과 국교가 단절된 때라 직접 가서 만나기는커녕 편지조차 보낼 수 없었다. 하지만 그는 이 이름을 잊지 않고 늘 머릿속에 담아뒀다.

그러던 64년 홍콩에서 무역상을 하던 잘 아는 형이 한국에 와서 점심을 산다기에 다짜고짜 후루하다 교수에게 편지를 전해 달라고 부탁했다. 처음엔 "귀찮다"며 거절했지만 "한국에서 공부할 수 없어 그러니 도와 달라"는 말에 결국 3년간이나 불평 한번 없이 메신저 역할을 했다. 문 교수가 "당신 책을 보고 법의학에 눈을 떴다"고 첫 편지를 썼더니 후루하다 교수는 "한국에도 법의학이 꼭 필요하다"며 격려의 답장을 보내왔고, 이를 계기로 서로 얼굴 한번 보지 않은 채 사제지간이 됐다.

서울에서 홍콩을 거쳐 도쿄로, 그리고 답장 역시 홍콩을 거쳐 서울에 왔다. 아무리 서둘러도 1년에 기껏해야 6통 정도 주고받을 수 있었다. 편지를 한번 보낼 때마다 앞뒤를 빼곡히 채운 A4 크기 용지 7~8장씩 궁금한 내용을 써서 보내면 후루하다 교수도 비슷한 분량의 답을 보내왔다.

얼굴을 직접 본 건 편지 왕래를 시작한 지 3년만인 67년이다. 65년 국교 정상화 이후 67년 일본에서 암 학회가 열렸는데 여기 참석했다가 당시 경찰과학연구소장으로 자리를 옮긴 후루하다 교수와 만났다. 일본 법의학 기틀을 잡은 후루하다 교수는 문 교수가 자신의 옛 모습과 비슷하다고 생각했는지 무척이나 아꼈다. 후임 우에노 쇼키츠 교수를 소개

시켜준 것은 물론 외국인 최초로 일본 법의학회 회원이 될 수 있도록
추천해줬다.

### 그놈의 유교사상…도끼 날아들다

문 교수가 법의관을 마음먹은 순간부터 넘어야 할 산이 한둘이 아
니었다. 가장 먼저 어머니의 실망이 이만저만이 아니었다. "송장 만지
는 더러운 일을 왜 하느냐"는 거다. 의대 안에서도 마찬가지였다. 외
과의사로 그를 점찍었던 간암 명의 장기려1911~1995 박사가 펄쩍 뛰
었다. 막사이사이상을 수상할 정도로 봉사하는 삶을 살았던 장 박사
조차 "법의학은 학문도 아니야, 의사가 함부로 하는 게 아니라고, 그
건 하빠리지위 낮은 사람들이나 하는 거야"라며 만류했다. 하지만 문 교
수는 "하빠리가 되도 좋다"
며 법의학의 길을 택했다.

하지만 현실은 녹록치 않
았다. 바로 유교사상 때문
이다. 유교 관념이 몸에 밴
사람들에게 시체 부검은 죽
은 사람을 한번 더 죽이는
천인공로할 일이었다. 초기
엔 부검실이 따로 없어 사
과 궤짝 네 개를 이어 시체
를 올려놓고는 부검을 하기
도 했지만 이런 열악한 환

1993년 시위 진압 도중 숨진 김준도 순경의 부검 결과 발표 직전의
보도 사진. 당시 "죽은 자는 말이 없다'지만 시체는 모든 것을 말해준
다'라고 한 문 교수의 말로 법의학에 대한 세간의 관심이 쏠렸다.

경은 사람들 인식에 비하면 아무 것도 아니었다. 사고로 손자를 잃은 한 노인은 자신의 반대에도 불구하고 부검을 하자 경찰한테 끌려 나가면서 도끼를 문 교수를 향해 집어던졌다. 문 교수 머리 위로 도끼가 스쳤다. 하마터면 문 교수 머리에 박힐 수도 있었다.

"지금도 부검을 얼마나 끔찍하게 생각들하는데 50~60년대는 얼마나 더 심했겠어요. 하다하다 5년 만에 포기했디요. 아, 이래서 선생님장기려 박사이 하지 말라고 하셨구나 싶어 이제 받아달라고 찾아갔디요." 그런데 말이 끝나기가 무섭게 장 박사는 호통을 쳤다. "나쁜 놈, 5년이나 판 우물을 버리려고. 넌 나쁜 놈이야. 안 받아, 나가." 그는 그렇게 다시 법의학의 세계로 돌아왔다. 그리고 후배 양성을 위해 70년 고려대 법의학연구소 초대 소장으로 자리를 옮길 때까지 줄곧 국과수를 지켰다.

### 장사 하겠다고 살해현장을 청소하다니

지금은 과학수사라는 개념이 점차 자리를 잡으며 현장보존에 대한 중요성을 인식하고 있지만 불과 10여 년 전만 해도 전혀 그렇지

**1994년 9월**

지존파 사건

지존파라는 범죄조직을 만들어 백화점 고객명단을 대상으로 4차례의 엽기적인 연쇄 살인행각 벌임. 훼손된 사체를 부검해 피해자 신원 밝힘. 95년 11월 2일 전원 사형.

**1995년 6월 12일**

치과의사 모녀 피살 사건

치과의사의 아내와 2세 딸이 화재로 사망. 질식사에 무게 실렸으나 국과수 조사 결과 목 졸린 것 확인. 용의자 남편이 1심에선 사형 판결 받았으나 지문 등 직접 증거 없어 2003년 무죄판결.

**1995년 11월 20일**

듀스 김성재 사망 사건

팔·가슴에 주사바늘 자국 28개를 남긴 채 사망. 마약 과다복용에 무게 실렸으나 동물마취제 성분 졸레틸 검출돼 타살 가능성. 주사기·지문 등 결정적 증거 부족으로 미제.

**1997년 4월 3일**

이태원 살인사건

이태원 햄버거 가게 화장실에서 홍대 학생이 칼로 난자당해 살해. 미 군속 자녀와 재미교포가 유력한 용의자였으나 증거불충분으로 무죄석방. 문 교수 제자인 서울대 이윤성 교수가 국과수 시절 맡은 사건으로, 현장 보전이 전혀 안돼 증거 수집 불가능.

**2006년 7월**

서래마을 영아 유기 살해 사건

프랑스 주재원 집 냉장고에서 영아 시신 2구 발견. 국과수에서 DNA 검출해 주재원 아내가 자신의 영아를 살해한 것으로 확인.

못했다. 하물며 그가 법의관 생활을 시작할 당시엔 오죽했겠나.

"옛날에는 현장보존이라는 개념이 아예 없었디요. 그러다 보니 증거물 체취가 부족했어요. 심증은 가는데 물증이 없어서 못 잡는 그런 일들이 막 생기는 거야요. 그렇다고 증거 없이 잡을 수도 없으니 그대로 미제 사건이 됐디요. 돌이켜보면 안타까운 사건이 참 많아요."

그는 65년 동대문시장에서 시체로 발견된 한 여성 얘기를 꺼냈다. 당시 대학생이던 남자친구가 유력한 용의자였는데 결국 미제로 남았다. 부검 결과 손톱이 중요한 증거로 쓰일 수 있겠다고 판단해 경찰에 남자친구 손톱을 깎아서 가져오라고 했는데, 양손 손톱을 섞어오는 바람에 증거로 쓸 수가 없었다. 심지어 97년까지만 해도 어이없는 일이 자주 벌어졌다. 대표적인 게 영화로도 나온 97년 이태원 햄버거 가게 살인 사건이다. 당시 국과수에 있던 문 교수 제자인 서울대 이윤성 교수가 현장에 도착했을 때는 이미 살해 현장이 말끔히 물청소된 뒤였다. 가게 매니저가 장사하려고 핏자국을 지운 거다.

미국드라마만 봐도 알 수 있지만 미국은 법의관 제도가 있어서 변사 사건이 발생하면 법의관이 가장 먼저 현장에 가 현장 지시를 내린다. 증거물이나 사체 처리 등등 현장의 모든 일을 법의관이 직접 눈으로 보고 판단하기 때문에 증거물 훼손 같은 어이없는 일은 웬만해선 일어나지 않는다.

"법의학에서 가장 중요한 게 현장 검증이에요. 그게 제대로 안되면 부검은 하나마나예요. 눈 가리고 하는 거랑 똑같아요. 세월호 침몰 사고 이후 경찰에 쫓기다 변사체로 발견된 유병언 봐요. 사체를 한 달이나 방치하다니, 이런건 말이 안돼요. 법의관제도가 시급해요."

## 국과수 사내 커플, 1호 법곤충학자를 낳다

문 교수는 국과수에 근무하던 57년 역시 국과수에 다니던 약사 이복선[81]씨와 결혼했다. 당시 아내는 동물분석을 주로 했는데 문 교수가 부검하며 나온 내용물이나 혈액을 갖다 주면 아내가 분석을 했다. "다른 사람은 법의학이라면 다들 싫어하는데, 그 사람은 잘 아니까 편했디. 고향도 같고."

아내는 결혼 후에도 일을 하고 싶어 했지만 문 교수 어머니가 펄쩍 뛰었다. 아들 혼자 하는 것도 끔찍한데 며느리까지 하는 거 못 봐준다며 집에 눌러 앉힌 거다. 아내는 그렇게 전업주부로 문 교수와의 사이에 1남 2녀를 뒀다. 장남과 장녀는 생물학을 전공하고 막내딸은 일본어를 전공했다.

장남인 문태용 고신대 생명과학과 교수는 국내 1호 법곤충학자다. 법곤충학자란 사체 속 구더기나 알 등을 통해 사망 시기 등을 밝히는 사람이다. 2002년 대구 개구리 소년 유골 발견 당시 유골 주변 곤충 상태를 판별해 사망 시기 등을 밝히는 데 결정적 역할을 했다.

"원래 생물학 전공인데 영국 유학 갈 때 내가 시간나면 거기 법곤충학 교수가 어떻게 하

**2011년 1월 14일**

**의사 부인 살인사건**

출산을 한 달 앞둔 의사 아내가 집 화장실 욕조에서 숨진 채 발견. 유력한 용의자인 남편은 미끄러져 사망했다고 주장했으나 국과수 부검 결과 목 졸린 게 드러나 남편에게 징역 20년 선고.

**2013년 8월**

**칠곡 계모 사건**

9살 여아 사망. 12살 언니가 다툼 중 때려 숨졌다고 진술. 국과수가 사망원인을 강한 충격의 외상성 복막염에 의한 사망으로 밝히며 계모가 진범으로 드러나.

**2014년 11월 30일**

**신해철 사망**

사망 원인 둘러싸고 유족과 병원 측 입장 맞서는 가운데 수술 과정에서 천공 발생했을 가능성 크다는 국과수 최종 부검 결과 공개.

문국진 교수는 법의학을 대중에 알리는 게 중요하다고 생각한다. 끊임없이 관련 잡지에 칼럼을 쓰고 책을 내는 건 그런 이유다. 최근엔 예술 속 법의학 이야기를 담은 책을 쓰고 있다.

는 지 좀 보고 오라고 했어요. 그랬더니 이놈이 가서 그걸 공부해 온 거야."

문 교수는 국내 1호 법곤충학자만 배출한 게 아니다. 법정신학 1호, 법치의학 1호 다 문 교수 제자다.

"법정신학이라는 건 정신감정을 해서 이놈이 진짜 정신병자인지 그런 척 하는 건지 판별하는 거예요. 내 제자 중에 최상섭송탄중앙병원 부원장이 국내 1호디."

그런가하면 60년대 한강나루터 살인사건을 계기로 국내에 법치의 학이 도입됐다. 이 역시 문 교수가 길을 냈다. 딸을 데리러 한강나루 터에 나갔던 엄마가 시체로 발견됐다. 사체에 난 이빨자국을 보고 대부분 인근 공사장 인부 가운데 성도착자 짓이라고 짐작했다. 하지만 문 교수가 치흔을 통해 피해자 남편이 진범이라는 걸 밝혔다. 과학수사의 쾌거라며 당시 언론이 떠들썩했다. 박정희 대통령이 직접 불러 원하는 걸 다 해주겠다고 할 정도였다.

"진급을 원하느냐, 포상을 원하느냐 길래 대뜸 법치의학자를 만들어 달라고 했디요. 그 자리에서 내무부장관한테 전화를 돌리더니 바로 법치의학자를 만들라고 하더라고요. 그 사람이 바로 1호 법치의학자이자 6대 국과수 원장을 한 김종열 원장이디요. 그렇게 한국에 법치의학자가 탄생했지."

### 국민의 죽음에 물음표를 남기지 말아야

"옛날에 학회에 가면 나 혼자였는데 지금은 50여 명 됩니다. 국내 42개 의과대학 가운데 13곳에서 법의학교실을 만들었어요. 이만하면 성공한 거 아닙니까."

문 교수는 국과수를 나온 이후에도 종종 전국의 사건 현장에 불려가 자문역할을 한다. 그러는 틈틈이 대중을 위한 법의학 책도 쓴다.

"법의학이 대중화하는 날까지 할 일이 많아요. 뭐든 쉬워야 관심을 갖디요. 후진 양성은 어느 정도 했어요. 이제 그네들이 의무감을 가지고 또다른 후학들을 키워야죠. 내가 할 일은 왜 법의학이 필요한가를 알리고 니즈를 창출하는 일이라고 생각해요. 제도화하고 모든 국민의 죽음에 절대 물음표를 남기지 않는 일, 그게 바로 우리 법의학자의 의무라고 생각해요."

# 소리 없는 세상에서,
# 희망이라는 빵을 굽다

엄마는 세 살배기 아들을 안고 달리는 기차에서 뛰어내려 죽고 싶었다.
그 아들은 어린 시절부터 엄마가 울기만 하면 무조건 "나 때문에 우는거냐,
미안하다"며 사과했다. 그랜드 인터컨티넨탈 서울 파르나스 베이커리의 안
준호 셰프 모자(母子) 얘기다. 안 셰프는 이 호텔의 유일한 청각장애인이다.
젊지만 벌써 입사 13년 차로, 야간조 셰프 3명 중 가장 고참이다. 선배의
지시를 빨리 수행하고 동료들과 수시로 소통해야하는 긴박한 호텔 주방에

서 아무 것도 듣지 못하는 청각장애 2급 장애인이 어떻게 살아남았을까. 장애인이 아무 불편없이 일할 수 있을 만큼 한국 사회가 장애인을 대하는 태도가 성숙해진걸까.

'안준호입니다. (생일은) 1978년 11월 26일입니다.'

자기소개를 부탁한다고 '말'하자 안 셰프는 종이 위에 이렇게 적었다. 청각장애 5등급 2~6등급 가운데 가장 중증인 2급이라 소리를 전혀 듣지 못한다. 그러나 그를 처음 보면 대부분 장애를 알아채지 못한다. 상대 입모양을 읽어 소통을 하기 때문이다.

안 셰프는 경찰 아버지안명선와 전업주부 어머니정영순 사이에서 삼형제 중 둘째로 1978년 태어났다. 가족 중 장애가 있는 건 안 셰프 뿐이라 부모는 그에게 구화口話, 즉 상대의 입술 움직임으로 말을 이해하고 음성언어로 발어하는 걸 청각 장애를 발견한 다음해인 네 살부터 가르쳤다. 그러니까 그의 청각에 문제가 있다는 걸 부모가 알아차린 건 세 살 무렵이다.

안 셰프 어머니는 이때까지 그저 둘째 아

## 안준호의 역사

**1978년**
3형제 중 둘째로 출생.

**1981년**
전주 선화학교에서 구화 배움.

**1984년**
서울선희학교2002년 서울농학교로 교명 변경 유치원에서 수화 배움.

**1993년**
석촌초등학교송파구 석촌동 졸업.

**1996년**
이수중학교서초구 방배2동 졸업.

**1998년**
강남 제과제빵학원 등록.

**1999년**
서울농학교종로구 신교동 졸업, 공덕동 제과점 입사.

**2002년**
그랜드 인터컨티넨탈 호텔 입사 1년 후 정규직 전환.

**2012년**
서울 아시아태평양농아인경기대회 농구 출전.

**2013년**
장애인농구단 '토네이도윙' 결성, 안순태에서 안준호로 개명.

들 말이 늦다고만 생각했다. 당시 전라북도 임실에 살았는데 시골이라 그런지 다들 말 못하는 아이를 별로 대수롭지 않게 생각했다. 그런데 어느 날 아버지가 퇴근 후 "혹시 얘가 못 듣는 게 아니냐"고 했다. 바로 등 뒤에서 손뼉을 쳤는데 아무 반응을 보이지 않았기 때문이다.

다음날로 전주의 대학병원뿐 아니라 서울 대학병원까지 숱하게 찾아다녔다. 청력장애가 맞았다. 원인은 알 수 없었다. 태어났을 때는 여느 아이처럼 우렁차게 울었기에 아마 돌 무렵 홍역에 걸렸을 때 뭔가 문제가 생겼을 거라 추측할 뿐이다. 어머니는 서울 대학병원에서 최종 판정을 받고는 기차를 타고 집에 돌아가는데 순간 뛰어내려 죽고 싶은 충동이 일었다고 나중에 털어놨다. 당시만 해도 장애는 본인은 물론 가족조차 감당하기 어려울 정도의 천형天刑 같았기 때문이다.

부모는 안 셰프가 네 살 때 전주 선화학교장애인특수학교에 유학 보냈다. 수화부터 배우면 말 하려는 노력을 하지 않는다기에 구화 배울 곳을 찾았는데 가장 가까운 선화학교도 통학하기에는 너무 멀었다. 그렇게 안 셰프는 네 살 때부터 기숙사 생활을 했다. 한편으로는 주위의 차가운 시선에서 잠시나마 떼놓으려는 의도도 있었다. 당시만 해도 장애인에 대한 질시가 대단해, 대놓고 손가락질하며 벙어리라고 놀려댔기 때문이다.

심지어 정부 차원에서 장애인 복지에 관심을 갖기 시작한 것도 80년대 이후다. 81년 장애인복지법 전신인 심신장애자복지법이 생겨 보건사회부현 보건복지부 내에 장애인복지 전담부서재활과가 처음 만들어졌다. 하지만 실질적인 복지 수준이나 사회적 인식이 조금이나마 바꿘 건 88년이다. 88서울올림픽 직후 장애인 올림픽패럴림픽 개최가 계기가 됐다.

### 춤과 농구, 친구와 이어주다

부모는 84년 안 셰프를 성남 고모집으로 보냈다. 서울농학교옛 선희학교가 운영하는 유치원에 입학시키기 위해서였다. 여기서 수화와 한글을 배웠다. 그리고 이듬해 온 가족이 서울로 이사 온 후 서울농학교 초등학교를 보냈다. 그런데 학년이 바뀔 때마다 학교 선생님들이 "애가 영리하니 일반 학교에 보내보라"고 권하는 거다. 부모 입장에서 욕심이 났다. 아들이 장애인 사회에 갇혀 사는 대신 보통 사람과 섞여 살게 해주고 싶었다. 그렇게 초등학교 3학년 나이에 서울 석촌초 1학년으로 다시 입학했다. 하지만 부모 기대와는 많이 달랐다.

"학업을 쫓아가기 어려웠어요. 수화로 하면 쉬운데 학교에선 수화를 할 수 없잖아요. 수업할 때 알아들을 수 없으니 공부를 아예 안했어요. 자거나 만화책 보거나, 아무튼 수업 중에 딴 짓 많이 했습니다."

당연히 성적은 늘 바닥이었다. 하지만 부

## 장애복지의 역사

**1981년**
심신장애자 복지법 공포장애인 위한 최초의 법, 89년 장애인복지법으로 개명.

**1988년**
88장애인올림픽 개최.
장애인 등록제 도입.

**1989년**
장애인복지법 전면개정. 현재 장애등급제도 신설.

**1990년**
장애인고용촉진법 제정.

**1993년**
안내견학교삼성화재 개교.

**1995년**
장애인특례입학제도 도입. 주차장법 시행령 개정공용주차장 전체 면적 중 1% 장애인용 설치 의무화.

**2002년**
서울시, 휠체어 리프트 장착한 장애인 전용 콜택시 운행 일반택시 요금 40% 수준.

**2003년**
국민은행 장애인용 현금입출금기 개발·운영. 손해보험협회, 시각장애인 위한 보험 설계사 자격시험 실시.

**2004년**
서울 버스 체제 개편하며 장애인·노약자 위한 저상底床버스 운행.

**2006년**
국민은행, 은행권 최초 장애인 공개채용.

모는 별로 신경 쓰지 않았다. 친구만 잘 사귀면 된다고 생각했다. 하지만 그마저도 쉽지 않았다. 친구라고 생각했던 아이들에게 여러 번 상처받다 보니 점점 더 친구 사귀기가 어려웠다.

"못 듣고 말을 못하니까 내 생각을 표현하는 게 어려워요. 친구 사귀기가 어려우니 당연히 친구가 별로 없었죠. 다시 한 번 말해달라고 부탁해도 대부분 냉정하게 외면하더라고요. 친구라고 생각했던 애들이 나만 빼고 자기들끼리 얘기하기도 하고. 한마디로 왕따였던 거죠."

중학교 어린 나이에 가출을 할 정도로 고민이 많았지만 누구에게도 털어놓지 않았다. 자연스레 매사 소극적이고 부정적인 아이가 됐다. 꿈도 없었다. 그러던 어느 날 당시 최고의 인기를 누리던 듀스와 지누션을 보며 태어나서 처음으로 뭔가 하고 싶다고 생각했다. 춤을 추고 싶었다. 그럼, 친구들이 나를 봐주겠지. 음악을 듣지 못하지만 전혀 문제가 되지 않았다. 그는 음악 대신 진동에 맞춰 춤을 췄다. 카세트 볼륨을 최대한 키워 바닥에 내려놓으면 진동이 느껴지는데 여기 맞춰 춤을 췄다.

"춤추는 걸 즐겼어요. 귀는 안 들리지만 춤추는 순간은 자유로우니까. 게다가 춤을 추면서 아이들과 쉽게 어울리게 됐고요."

춤 뿐 아니라 농구도 그에게 친구를 만들어줬다. 워낙 큰 키<sub>현재 180㎝</sub>에다 동급생보다 나이가 두 살이나 많았으니 항상 덩치가 큰 축에 속했다. 초등학교 6학년 때부터 미 프로농구<sub>NBA</sub> 스타 마이클 조던을 동경하며 농구를 시작했다. 비록 공부는 못했지만 제법 농구를 잘한 덕에 중학교 땐 주위에 친구가 꽤 생겼다. 그는 한국 장애인 국가대표로 발탁돼 2012년 아시아태평양농아인경기대회에 출전하기도 했다.

## 빵, 사회와 이어주다

중학교 졸업 후 실업계고등학교에 진학했지만 곧 농아특수학교인 서울농학교로 전학 갔다. 시비 거는 아이들과 자주 싸웠기 때문이다. 자존심이 센 탓에 아이들이 장애를 빌미로 괜한 시비를 걸어오면 바로 싸움으로 이어졌다. 결국 부모는 장애인학교인 서울농학교로 아들을 전학시킬 수밖에 없었다.

안준호 셰프는 밤 10시부터 다음날 오전 7시까지 베이커리 주방 야간조 책임자로 일한다. 크리스마스와 연말이 있는 12월이나 가정의 달인 5월은 주로 케이크를 만든다.

**2007년**
장애인차별금지법 제정.

**2008년**
장애인특수교육법 초 · 중학생 →2012년 만3세~고교생으로 확대 시행, 중증장애인생산품 우선구매 특별법 공공기관의 중증장애인생산품 우선 구매해야 할 의무 생겨 제정.

**2009년**
국내 최초로 장애인 전용 관광버스 운행, 속초해수욕장에 장애인 전용 해안 리프트 설치.

**2011년**
아시아나항공, 인천국제공항에 장애인 위한 '한사랑 라운지' 오픈. 시각장애인 이창훈 앵커 진행하는 KBS 뉴스 방송.

**2012년**
신한은행, 금융권 최초로 인터넷뱅킹에 오픈뱅킹 서비스 도입, 시각장애인이 음성으로 금융 정보 얻고 뱅킹 거래 가능.

**2012년**
스타벅스, 한국장애인고용공단과 장애인 고용증진 협약 체결하고 장애인 직원 채용.

**2014년**
국회 본회의서 치료감호법 일부 개정법률안 의결법률용어 장애자→장애인 순화.

고3 시절 부모는 대학 진학을 권했다. 하지만 그는 기술을 배워야겠다고 생각했고, 그래서 우연히 TV에서 본 강남의 한 제과제빵학원에 등록했다. 그러나 첫 수업부터 막막했다. 아무리 구화를 한다지만 전문적인 제과제빵 용어를 도저히 알아들을 수 없었다. 결국 이론 수업은 빼먹고 실습만 했다. 눈치가 워낙 빨라서인지 실습은 이론과 달리 쉽고 재미있었다. 8개월 뒤 학원을 수료하고는 공덕동의 한 작은 제과점에 들어갔다.

스물한 살, 그가 처음 맞닥뜨린 세상은 가혹했다. 장애인이라고 배려해주던 가족이나 학교와는 전혀 달랐다. 새벽부터 밤까지 매일 15~16시간씩 일했다. 그렇게 일해서 받은 월급은 50만 원에 불과했다. 6개월 만에 옮긴 광화문의 제과점에서도 마찬가지였다. 밤늦게 끝나 집<sup>사당동</sup>에 갔다가 새벽에 다시 나오는 게 부담스러워 아예 가게 앞에서 노숙한 일도 적지 않다.

"당시 고졸 학력의 청각장애인이 할 수 있는 게 거의 없었어요. 그나마 내겐 일할 수 있는 기회가 있었으니 조건이 안 좋더라도 계속한거죠."

하지만 결코 쉽지는 않았다. 하루는 말이 안 통해 답답하다며 선배가 냉면 그릇으로 내리쳐 이마가 찢어지기도 했다. 우여곡절의 연속이었지만 빵 만드는 건 정말 좋았다. 그는 기존 레시피로 만족하지 않고 늘 어떻게 하면 더 맛있는 빵을 구울지 고민했다. 또 귀가 정상인 다른 사람은 하지 않아도 되는 노력 역시 필요했다. 예컨대 그는 빵을 오븐에 넣은 뒤 시간이 되면 나는 알람 소리를 들을 수 없다. 그는 대신 시간 감각을 몸으로 익히는 노력을 정말 열심히 했다. 집중력과 예민함을 키워 이제는 20분이면 20분을 딱 맞출 정도다. 안 셰프는 "빵을 만들 때 중요한 기술 못지않게 집중력도 필요하다"며 "안 들려서 방해가 되는 게 아니라 오히려 빵 만드는 데만 집중할 수 있어 도움이 된다"고 말했다.

### 호텔, 미래를 이어주다

빵은 좋았지만 워낙 작은 빵집이라 미래에 대한 불안은 컸다. 2002년 우연히 한 친구가 그랜드인터컨티넨탈 서울 파르나스 베이커리에서 사람을 뽑는다는 얘기를 해줬다. 가슴이 뛰었지만 선뜻 문을 두드릴 용기가 나지 않았다. 91년 장애인 의무고용제가 시행되면서 근로자 300인 이상 사업체는 장애인을 1% 이상 의무 고용해야 하지만 대부분 아주 경미한 장애를 가진 사람만 뽑는다. 심지어 주위 동료가 그 사람이 장애인 몫으로 들어왔다는 걸 모를 정도로 말이다. 이런 상황에서 특급호텔에서 장애인을 뽑아줄까. 본인과 가족 모두 고개를 가로저었다. 하지만 그 친구는 "밑지는 셈 치고 그냥 내보라"고 권했다.

그리고 호텔에 가서 테스트로 빵을 만들었다. "그래, 밑져야 본전이니까." 그런데 당시 과장이던 배한철 총주방장이 "맛있다"며 엄지손가락을 치켜드는 게 아닌가. 그렇게 1주일의 테스트 기간이 끝나는 날 배 총주방장은 "축하 한다"고 했다. 인턴으로 채용된 거다. 배 상무는 "사실 준호에게 장애가 있다는 걸 알았을 때 마음에 걸렸다"고 했다. 칼이나 불, 가스 등 위험이 도사린 공간에서 청각장애인이 일하는 게 과연 적절한 일인지 처음엔 판단하기 어려웠지만 워낙 자신감 있어 보이는 태도가 마음에 들어 채용했다.

"호텔에 취직했을 때가 아마 부모님이 저를 가장 자랑스럽게 여긴 순간이었을 거예요. 아니, 다른 장애인 친구들도 정말 많이 부러워했어요."

장애인으로 산다는 건, 정말 힘들다. 취직은커녕 물건을 사는 등의 사소한 일상조차 상상할 수 없을 만큼 불편하다. 그도 관공서나 은행을 갈 때면 꼭 엄마와 같이 간다. 그런데 취업, 그것도 특급호텔이라니.

"말 못하는 장애인은 주로 공장에서 일해요. 제 친구들도 다 그래요. 타이어나 휴대폰 조립 공장에 많이 있어요. 한국에서 장애인은 영세한 공장 아니면 취업하기가 정말 어렵죠. 그래서 친구들이 저를 무척이나 자랑스러워해요."

호텔 입사 후 그는 쉬지 않았다. 남들은 2년 걸리는 인턴을 1년 만에 마치고 정직원이 됐다. 호텔이 장애를 차별하는 대신 그의 실력을 인정한 것이다. 그는 지금 조식 뷔페와 델리에 서 팔 빵을 만드는 야간 주방에서 일한다. 3명이 근무하는 데 그가 최고참이라 책임자 역할을 한다. 호텔 생활 12년 동안 주로 야간 근무를 했다. 낮 근무를 하면 다른 부서 에서 오는 전화를 받는 등 의사소통할 일이 많지만 야간 근 무는 빵만 만들면 되기 때문에 훨씬 마음이 편하다고 한다.

그의 노력은 지금도 계속되고 있다. 조금이라도 더 맛있는 빵을 만들기 위해 아침 퇴근길엔 유명 빵집을 찾아 일부러 빵을 먹어본다. 또 다른 꿈을 이루기 위해서다. 바로 자신처럼 빵을 만들고 싶은 청 각 장애인 후배에게 롤 모델이 되겠다는 꿈 말이다. 얼마 전 성북농 아인협회에서 주최한 멘토 모임에 단팥빵 40개를 사들고 가서 청각 장애 후배들을 만나기도 했다.

"나를 바라보는 눈빛에 희망이 보이더라고요. 앞으로 더 열심히 해야겠다고 다짐했습니다. 제빵 전문가로 인정받고 승진하고, 존경 도 받고 싶어요. 내가 잘돼야 나를 바라보는 청각장애인이 내 길을 따라올 수 있잖아요. 난 장애 때문에 힘들게 배웠지만 후배들은 보다 쉽게 배울 수 있게 돕고 싶어요. 농아인의 희망이 되고 싶습니다."

# 당신의 역사

한국 현대사를 함께 만들어 온
작지만 큰 이야기

1판 1쇄 발행일 2015년 6월 25일

글 | 안혜리 외 9명
사진 | 김경록

펴낸이 | 안병훈
펴낸곳 | 도서출판 기파랑
디자인 | 커뮤니케이션 울력
등록 | 2004년 12월 27일 제300-2004-204호
주소 | 서울특별시 종로구 대학로8가길 56(동숭동 1-49) 동숭빌딩 301호
전화 | 02-763-8996(편집부) 02-3288-0077(영업마케팅부)
팩스 | 02-763-8936
이메일 | info@guiparang.com

ISBN 978-89-6523-864-5  03810